新版　ザ・万字固め

万城目　学

目次

本書は、小社より二〇一三年に刊行した『ザ・万字固め』に、新たに五つのエッセイを加え、再構成したものです。

受賞のことば

10戦0勝

戦いは十七年前から始まっていた。

直木賞、直木賞、織田作之助賞、直木賞、直木賞、山田風太郎賞、直木賞、山田風太郎賞、山本周五郎賞、山田風太郎賞――。

十七年前に『鹿男あをによし』が直木賞にノミネートされてから、私がこれまで候補に挙がった、文豪の名前を冠した有名文学賞の数々である。

これらすべてに落選してきた。

数えてみたら十あった。おそらく、デビューから十回ノミネートされ、文学賞勝率〇割という作家は日本に私しか存在しないだろう。

ノミネートされる。落ちる。堪《こた》える。その後、選評が出る。厳しい内容に、もう一度堪える。

これを十度、飽きもせず繰り返してきた。

ゆえに、いじけた。

文学賞と聞いただけで顔をしかめる、偏屈おっさんになってしまった。

今回の直木賞にノミネートされてから、私が取り組んだのは、落選したとき、いかに精神的なダメージを最小限に抑え、日常に早期復帰するか、というメンタル準備であった。賞の話題を持ちかけられても、「直木賞？　ないです」「六度目？　ないです」「あってもないです」とはぐらかした。やがて自己暗示に成功したのか、選考会の日が近づいても、その存在を忘れ、明日やったっけ？　あさって？　くらいまで他人事《ひとごと》として直木賞と相対するまでに至った。

しかし、これほど心のダメージ保険を幾重にも申し込んでいたにもかかわらず、受賞という望外の結果をいただくことになった。

たまげた。

同時に、私は変わった。

過去の一方的な文学賞へのわだかまりに対し、いっせいに精神的徳政令を発した。

許す、許す、許す、許す、許す——。

すっかり整理された、うらみつらみのバックヤード。がらんとした眺めに、これはこれで何だかさびしいと思うのだから、人間とはなんと面倒な生き物であることか。

「まきめ」の名乗り

私の名前は「万城目学」と書いて「まきめ・まなぶ」と読む。ちなみに本名である。

幼い頃から、初見で読み方を当てられたことがない。小学校や中学校では、一学期の頭に、先生が名簿の名前をチェックする際、

「まんじょうめ」「まじろめ」「まんしろめ」「まんきめ」「まんじょうもく」

と心のままに読み上げられ、日本語における漢字文化の豊かさを、クラスメイトのクスクス笑いとともに享受するのが恒例であった。

それに対し、私は腹を立てることもなく、むしろ「そりゃ、読めんわ」と難読名字にぶつかった先生に対し、同情的ですらあった。

そもそも、正しい読みは「まんじょうめ」なのである。

これはもともと岩手発祥の、現在は宮城に多い名字だ。それに加え、「リンゴの唄」「悲しき口笛」「東京キッド」の作曲で有名な万城目《まんじょうめ》正《ただし》がいたものだから、特に年配の先生が「まんじょうめ」と呼ぶのは、実に自然の成り行きであった。

実際に私の先祖も仙台から大阪にやってきた。そのときはまだ「まんじょうめ」だった。

ここに「万城目二三二」なる男が登場する。私の曽祖父《ひそふ》にあたる人物だ。「まんじょうめ・じさん」と読む。

明治二三（一八九〇）年生まれゆえ二三二。しかし、彼は自分の名前がとても嫌いだった。「じいさん、じいさん」と子どもの頃、よくからかわれたらしい。

さらには、「まんじょうめ」という名前も長ったらしい。

戦前のある日のこと、彼は役所に向かった。そこで、手続きを行った。家に帰ってきた彼は、家族を前に高らかと宣言したのだという。

「今日から俺は『まきめ・ふみぞう』になった。わが家はこれから『まきめ』家だ！」

そんな彼は婿《むこ》養子だった。「まんじょうめ」の名前を守るために婿に入ったはずの男が、その名を屠《ほふ》り、新たな「まきめ」の家系を打ち立てる。これは非常識な行動なのか？　それとも、「万城目」の名はそのままなのだから守ってはいるのか？　よくわからない。むかしの役所って、そんな簡単に名前を変えられたの？　と驚きもする。

さて、このたび、拙書『八月の御所グラウンド』が直木賞に決まった。

きっと「万城目」の知名度も上がる。すると、間違いなく迷惑を被《こうむ》る一派がいる。

そう、世の万城目姓の九九％を占める「まんじょうめ」勢だ。完全なる正統派だ。「ふみぞう」の独断専行により生まれた、超マイナー名字「まきめ」が今後、大手を振り、

「まきめさんですか?」「いえ、まんじょうめと読むんです」

というやりとりが、おもに宮城を中心に繰り広げられるのかと思うと、責任をわずかに感じないこともなく、「申し訳ございません。全部、ふみぞうさんが悪いのです!」とこの場を借りて、先に謝っておきます。

マキメマナブの日常

ナチュラル・ボーン

世の中に数ある手強《てごわ》いもののうち、とりわけ外国語が放つ手強さといったら、誰もが深く首肯《しゅこう》するところだと思うが、ご多分に漏れず、私も英語が苦手である。その向こうに限りなく広がる新世界の一歩手前で足踏みすることは、きっと多くの損を人生にもたらしているのだろうな、とは承知している。日本語に翻訳されていない本を原書で読み、「いやあ、おもしろかった。最高!」と感想を述べることができる人へのやっかみは、終生消えることはあるまい。だが、完全に没交渉なわけではない。中学、高校、大学を経て、長年なまあたたかく接してきた英語に関しては、今も「好きな英単語」という、絶対にネイティブのみなさんには理解できぬ、日本人限定の楽しみ方を享受することができる。

たとえば、私は「superstition」という単語が好きだ。頭に「super」と冠しているうえに、こんなに長いのだから、きっと何かを大きく超えてくる単語、派手にしでかしてくれる単語だろうと期待させておいて、その意味は「迷信」。地味だ、たいへん地味だ。まったくスーパーではない。何も超えていない。むしろ戻っている気がする。

同じく字面からはその意味の印象をかけらも感じ取れない、そこがまたたまらない単語に

「triumph」がある。「トライアムフ」と読む。読み方はずいぶんちがうが女性下着メーカーと同じつづりだ。この単語の意味は「大勝利」である。だがどれほど発音してみても、まったく大勝利という気がしない。

「ヤッホイ！　トライアムフゥッ！」

いっさい勝利のよろこびが湧き上がってこない。しかし、この四角四面な手触りが、栄光のイメージを最大限に背負っているのだから、まさしく異文化を代表する単語のひとつではないかと思うのだ。

さらには「psychopath」がある。そのまま、「サイコパス」と日本語で使われることも多くなってきた。意味は反社会的人格を有する精神病質といったところで、連続殺人犯が登場するノンフィクションや小説では、必ずといってもいいほどこの単語が登場する。されど、私にはどうも違和感がある。何というか、こわくないのである。人を殺《あや》めることが倫理的に悪だと理解できない、心の欠けた不気味な存在を意味するのだが、おそらく「サロンパス」という商品のせいだろう、ちっともこわくない。もしくは「オクトパス」のせいか。

いつか、異常人格の連続殺人犯に追い詰められ、

「ハハッ、私は世でいうサイコパスってやつでね」

とショットガン片手に、陽気に会話をもちかけられたりしたら、

「え？　オクトパス？」

「そうそう、ちゅうちゅうタコかいな――、って誰がやねん、ズドン」

と往生際《おうじょうぎわ》のやり取りを交わしてしまいそうだ。

そんな、ほとんど思いこみに近い楽しみを与えてくれる英単語のなかで、外見のみならず、中身に関しても深いものを伝えてくれる単語がある。

単独ではなく、組み合わせによる言葉ではあるが、「natural-born」だ。何といっても、最後の「ぼーん」と伸ばすところが心地いい。意味は「生まれながらの」「生得《しょうとく》の」であり、私はこの単語を知ることで「生得」という言葉をはじめて目にしたと思う。見知らぬ英語から、見知らぬ日本語に遭遇《そうぐう》する不思議である。

この「natural-born」は響きそのものからして素敵なわけだが、それに加えて予備校時代に英語の授業で聞いたエピソードが今も忘れられない。

おそらく、この言葉が問題文あたりに顔を出し、「ボーン」つながりから脱線した話だったのだと思う。

突然、先生が東京大学に入るために八浪した男の話を始めた。

その男はとにかく骨の勉強がしたかったのだという。

小さい頃から人間の骨にたまらない興味を抱いていた彼は、将来骨の研究者になりたいと願っていた。高校時代、自分の部屋にも人体の骨の標本を飾り、骨に関する書物を読みあさり、骨への熱意を日に日に高めていた。そんな誠実なる学究の徒を目指す彼の前に、大きな試練が立ちふさがる。

そう、当時、人間の骨を学問として研究する学部が、日本には東京大学にしかなかったのだ。

悩むことなく、彼は東大を目指すことを決めた。東大に入らないことには、骨の研究ができないのだから仕方がない。しかし、相手は東大だ。残念なことに、彼の受験科目に関する学力は決して高くはなかった。はっきり言って、東大受験はかなり無理のある挑戦だった。

一年目、不合格。

二年目、不合格。

でも、彼はあきらめない。

三年目、四年目、五年目——、不合格。

それでも、あきらめない。

六年目、七年目と無情にも過ぎ去り、八年目、数えて九度の挑戦で、彼は長い試練の時間に終止符を打ち、ついに東京大学の門をくぐる資格を得る。

受験勉強のかたわら、彼は骨についての研究を八年間黙々と続けていた。ゆえに、入学の時点ですでに彼に勝る骨への知識を持つ学生は、大学にひとりもいなかった。彼は新入生にもかかわらず、院の研究室に出入りするようになった。すぐさま、その学識を認められ、教授の助手を務めるかたわら、大学一年のときから論文を続々と発表したそうである。

「ナチュラル・ボーン」

と先生は言った。まさに彼は生得の骨（ボーン）研究家だったのだ。

このささやかな雑談は、当時予備校生だった私の心に深い印象を刻みつけた。

今となって振り返るに、このとき先生の話した内容がどこまで本当のことだったのかはわからない。人の骨の研究ができる大学が日本で東大しかない、というのは少々あやしい気もする。だが、今さらそれについて調べるなんて野暮《やぼ》な真似はしない。このとき「natural-born」という意味について、私が深く考えさせられたことは、変わることのない事実だからだ。

この八浪男のエピソードは、大学で学ぶということについての、究極の純粋さを表していた。学びたいことがあるから大学に行く。きわめて当たり前のことのように聞こえるが、実際にここまで研ぎ澄まされた動機を抱き、受験する若者はそうはいないだろう。

この話を予備校の教室で聞いたとき、私は己が「natural-born」ではないことを痛感した。別に文学部でもいいのだけれど、せっかく浪人したことだし、難しい法学部のほうを受けとくか、といい加減に揺れていた自分とは、その意識に雲泥《うんでい》の差があった。「生得の」という言葉の次にくっつけて、己を紹介すべきものなど何も思いつかなかった。八浪はさすがに勘弁だが、それほどまでしてやりたいことがあるくだんの彼を、とてもうらやましいと思ったのである。

先日、この「natural-born」という言葉にまつわる感覚を、ひさびさに呼び起こされる出来事に出会った。

私の作品の表紙を、デビュー作から数多く担当してくださっている画家の石居麻耶《まや》さんとお話しする機会があったとき、

「いつから自分が人とちがって、絵がうまいことに気づいたのか。やっぱり、幼稚園や小学校の図画の時間に、まわりとの出来がちがうことで、自分の才能を知ったのか」

といったようなことを私は訊ねてみた。

私が文章に対し、人より少しだけ意識が高いと気づいたのは、大学三年生のときだった。大学がネット環境を整備し、学生一人ひとりに電子メールのアドレスを配布したことがきっかけだった。携帯もパソコンも持っていなかった私は、生まれてはじめて、さして用もなく文章を書くという経験を持った。そこで、どうも自分はおもしろい表現を探す熱意が他人よりも高いらしい、とそれまで思いもしなかった己の傾向を知った。同じように石居さんも他

者との比較から、自分の得意なものの萌芽《ほうが》を見出したのかと思ったのだ。

しかし、答えはまったく予想しないものだった。

「言葉というものが、うまく出てこなかったからです」

言葉で自分の思うこと、感じたことを説明することが小さい頃から苦手で、絵で描いたほうがすんなりそれを表現できたから、気がついたら絵ばかり描いていた――、と石居さんはスタート地点にあったものを語ってくれた。「頭に浮かんだものは何でもかんでも文字にしてやろう」と、とかく企《たくら》みがちな私にとって、石居さんの話には別世界の存在を突如教えられたような、ハッとさせられる驚きがあった。

ナチュラル・ボーン。

八浪して東大に入った骨好きの彼の話を聞いて以来、その言葉が鮮やかな実感を伴って蘇った。

だが、むかしと違ったのは、あの嫌な焦燥感がもはや湧き上がってこなかったことだ。

振り返ってみれば、我が二十代は己が「natural-born」とは無縁だったことへの焦り、先天的なものがないのなら、後天的なものを探し出してものにするしかないという強迫感に追い立てられた十年だったように思う。されどときは経ち、骨好きの彼の話を聞いたときの倍近い年齢になってようやく、あの焦りの日々は、これから幕が開くのを待つ者にだけ与えられる、特別な時間だったことを知ったのだ。

「natural-born」

今一度、声に出してつぶやいてみる。

この響きに無性に心乱された十代、実際に格闘した二十代を経て、先天的なものがあろうとなかろうと、その後進むべき道の険しさに何の違いもない、と知ったこの三十代——、なんとひとつの言葉と私は長い間じゃれ合ってきたことか。

もっとも、「ぼーん」という後半部分の楽しさは今もって何ら変わらない。七十、八十になっても、きっと変わらずあってほしい。

あなたの知らないひょうたんの世界

ある冬の日に、私は植物の種を買った。

「百成《ひゃくなり》」と「千成《せんなり》」というふたつの袋に分けられた、ひょうたんの種である。

以前、私は話のなかに尋常《じんじょう》ではない数のひょうたんが登場する小説を書いた。そのとき、ひょうたんについて調べようと資料を探したのだが、学術的なひょうたん専門書というものはどうもこの世には存在しないようで、代わりに園芸本の後方ページに、おまけのように併載された蘊蓄《うんちく》コーナーから多くを学ぶことになった。

たとえば、ひょうたんはアフリカを原産地とするウリ科の植物である。同じく猫もアフリカのリビアをその起源とするが、日本における文献最古の猫が奈良時代に登場するのに対し、ひょうたんは縄文時代の遺跡からその種が発見されている。稲作よりもよほど早く、栽培の対象になっていたのだ。今となってはまったくピンとこない話だが、日本人にとって、ひょうたんは猫よりざっと二千年もつきあいが古い、じつに馴染み深い植物なのである――。

というような蘊蓄を楽しみつつ、ひょうたんの園芸本をパラパラと眺めるうち、私は何とも言えぬ違和感を覚えるようになった。ただひょうたんの育て方を紹介・解説しているだけなのに、何であろう、このページからむんむんと伝わってくる熱気は。ひょうたんを育てる過程よりも、ともすれば収穫後の加工のほうに枚数も割《さ》かれているような気がする。どうして、できあがった巨大ひょうたんを漆《うるし》でコーティングして、みんな座布団に載せたがるのだ。どうして、巨大ひょうたんの写真は、どれも判を押したようにちびっ子を並べて、その大きさをアピールしようとするのだ。むむ、この透《す》かし彫《ぼ》りが全身くまなく施《ほどこ》されたひょうたんなんて、どう見ても素人の手によるものではないぞ――。

気がついたときには、「何だかおもしろそうであるし、いっぺん育ててみようか」と私はひょうたんの種を通販で買い求めていた。今となって振り返ると、まさにひょうたんの毒気に当てられたというほかない。

私が買った種は「百成」と「千成」のひょうたんだった。「十成」「百成」「千成」というのは、おもに実の数と大きさのことを言う。「百成」は「千成」よりも、ひと株から収穫できる実の数が少ない。そのぶん一個一個の実が大きい。もちろん、「千成」といっても、実際に千個実ができるわけではなく、「たくさん」という意味である。

これまでいっさい家庭における園芸の成功経験がない私は、春の訪れまでに、とにもかくにも書物から情報と安心を得ようと、より詳しい栽培方法を記した本を探すことにした。

そこで私は一冊の本をネットで発見する。

全日本愛瓢会《あいひょうかい》なる、ひょうたんを愛好する人々が集うNPO法人が作成するひょうたんガイドブック、価格は二千円。いかにも栽培ノウハウが詰まっていそうなつくりに、一冊注文してみたところ、翌日、家に電話がかかってきた。

「よかったら、全日本愛瓢会に入っていただけないだろうか。ご注文の本はただいま、入会した方全員にプレゼントしている。さらに、千成ひょうたん栽培の初心者マニュアルも進呈する。入会したあかつきには、全国大会への参加も可能。年会費は一年三千円。いかがでしょうか」

といった内容のお話だった。

二千円の本を注文し、三千円の勧誘で折り返してくることに新鮮な驚きを感じた私は、「じゃあ、一年だけ」と試しに入会してみることにした。ひょうたんを育てて全国大会って何ぞなもし、という未知の世界への好奇心が、にわかにかき立てられたことも否定はできない。

三日後、本が届いた。

タイトルは「ひょうたんの作り方・楽しみ方」、全二百四十九ページの大著である。冒頭の全日本愛瓢会会長による「発刊にあたって」には、

「本書は、栽培技術の神髄《しんずい》と瓢簞工芸の奥義《おうぎ》を、写真や挿絵を豊富に使って説明しています。本書を実践することによって、初心者の方でも、一～二年で熟練者の域に達するものと信じています。」

と記されていた。これは神髄および奥義に触れざるをえないと思った。

ちなみに、この全日本愛瓢会、会員数は現在約九百名、名誉総裁は何と秋篠宮文仁殿下である。本といっしょに、年四回発行している会報誌「愛瓢」のバックナンバーもいくつか送っていただいたので、たとえば平成二十年四月発行の「愛瓢」六十四号をめくってみよう。

読みものはすべて会員が寄稿した記事で構成されている。巻頭特集は「線刻瓶入り瓢のつくり方」。どこで漢字を区切ればよいかわからぬ、いきなり高ハードルな加工技術の紹介から始まっている。次にページを進めると、栽培の難易度が高いと言われている、大ひょうたんについての記事が三件続く。釣り雑誌の如《ごと》く、必ず収穫された大ひょうたんの実物写真に「胴回り九十五センチ」といった具体的データがついてくるのがおもしろい。さらには、「秋田魁《さきがけ》新報」に紹介された、こちらも会員自宅で栽培された大ひょうたんについての写真記事。もはや、子どもといっしょにひょうたんを並べるのは、ひょうたん界の絶対アングルなのか。もちろん、写真のひょうたんは子どもよりはるかに大きい。さらに、閑話休題《かんわきゅうだい》とばかりに、愛瓢会会長自らが会員アンケートの質問に答えるQ&Aコーナーがくる。

問い　瓢箪の表面の装飾絵はどうやって描いたらよいか。絵の具、手順などを教えてほしい。
答え　私には絵の才能が無くてお教えできませんが、機会をみて絵の得意な人に記事をお願いし、会報に掲載したいと思います。

あまりに正直かつ素朴な回答が心に響く。

終盤は「頑張っています」コーナーにて、各都道府県支部長が、愛瓢会会員の勧誘目標実数値を表明している。ほとんどの人が、本年度中に二名乃至《ないし》三名といった、控えめ目標を掲げるところへ、大分県支部長の「二十名」という破格の目標値が目を引く。いったい、大分で何が起きていたのか。はたして、その後目標は達成できたのか。はるか九州の地でのひょうたん動向が気になって仕方がない。

会員からの投書コーナーでは、日本全国のひょうたん生育状況が報告されている。それにしたって、「おれ達ひょうたん族」というコーナー名は秀逸《しゅういつ》だ。最終ページには会員から寄稿された川柳が。うち一首を紹介。

妻よりも　愛しく思う　瓢箪かな

いろいろな意味で胸を打つ。

かように、「愛瓢」精神が横溢《おういつ》する冊子を眺め、私が知ったことは、世の中には、どんなものが対象であっても「本気《マジ》」を貫く人が大勢いるということだった。全国大会なんて夢のまた夢だった。何せ、その全国大会（全日本愛瓢会展示会）で農林水産大臣賞に輝いた巨大ひょうたんを育てていた方が、「七十メートルのビニールハウスで数十個のひょうたんを育てた」などというコメントを地元の新聞に残しているのである。たかが直径三十センチの十号鉢で挑もうとする私の出る幕ではない。

あらゆるものには道がある。

ひょうたんにも道がある（実際に、「瓢道位」なる、全日本愛瓢会が認定する段位がある）。

まずは千里の道も一歩から。小さなことからコツコツと。とにかく一個でもいいから実を成らせてみよう、と身の丈に合った目標を掲げ、私は種蒔《ま》きの準備に入った。ひょうたんの種は桜が開花する頃に蒔くのがよいという。まだ肌寒い日が多い、三寒四温《さんかんしおん》が繰り返される時節に園芸土と栽培用ポットを用意する。近所の公園で桜がぼちぼちと咲き始めた頃、意外なくらいに薄くて小さいひょうたんの種をポットに蒔いた。

それからおよそ五カ月。

私はひょうたんの栽培に心血を注いだ。

朝な夕なに水をやり、ちょうどタイミングとしては『かのこちゃんとマドレーヌ夫人』が直木賞の候補になった年だったのだが、選考会当日も、壁一面を覆《おお》う立派なグリーンカーテンと成長していたひょうたんに夕方の水やりをして部屋に戻ったら落選の電話をいただいた。そのときにはすでに三十個以上の実が、小ぶりなれど愛らしい形をさらし、あちこちで揺れるまでになっていた。

ユウガオの仲間であるひょうたんの花は、日が暮れてから咲く。白いティッシュペーパーのような、しわっぽい頼りなげな花弁が、夜にぽっかりと浮かぶ様は非常に幽玄《ゆうげん》な眺めだ。そこへ私は脚立《きゃたつ》を持ち寄り、よいしょと上る。ひょうたんは雌花、雄花に分かれている虫媒花なのだが、虫の働きなんかまったく信用できぬので、受粉はすべて手作業で行わなければならない。夜中に脚立に上がり、黙々と雄花を引きちぎり、雌花にぐりぐりと花粉をなすりつける。やがて、ふっくらと実るようになったひょうたんを見上げていると、表の道を通るお年寄りの方が、しばしば「おやまあ、ひょうたんなんてめずらしい」と声をかけてくれるようになった。当時、ようやくよちよち歩き始めた一歳の娘を抱いて、実った数を数えていたら、

「ずいぶん、大きくなりましたねえ」

とお向かいさんに声をかけられた。

「ええ、そうです、そうなんです。もう少しで収穫なんです」

と満面の笑みでうなずいたら、

「いえ……、お子さんのほう」

と困惑の表情で返されたのは、今もって苦い思い出である。

確かに私はただならぬひょうたんの魔力に取り憑《つ》かれていたようだ。

ひょうたん界には「ひょうたん未亡人」なる言葉がある。あまりに旦那がひょうたんに入れこみすぎ、奥様が「私は未亡人みたいだ」と嘆くという状況を指すらしい。そんなコントのようなことあるかいな、と夕食の場で笑い話としてこの言葉を紹介したら、妻からポツリと「私もそう思うことがある」と言われ、何ですと？　と思った。

「朝起きても、子どもの顔もいっさい見ず、あいさつもなしに真っ先に外に出て、そのまま十五分くらい戻ってこない」

いやいや、それはたっぷりひょうたんに水をやってだね、あと脇芽を摘んで整枝して、たまには花に受粉させるときもありますわな、さらに昨日との生育のちがいなどと細かく観察していると、まあ十分くらいですか、え、最低でも十五分ですか、うん、なるほど、まあそのくらいになるわけですよ、と弁解するも、非常に冴《さ》えない雰囲気である。

そんなときに、作家の桜庭《さくらば》一樹《かずき》さんとはじめて会食する機会があり、焼肉屋に緊張して赴《おもむ》くと、

「知ってますよ、マキメさんの奥さん。ひょうたん未亡人なんでしょ」

と一枚目を焼く前にニヤニヤされながら指摘され、大いに狼狽《ろうばい》した。そういえば、最近こんなことありましてね～、と編集者との四方山話《よもやまばなし》のなかで、妻との一件を話した気がする。ときどき、編集者が語る他の作家の噂話をおもしろおかしく聞くことがあるが、そうか、私の話はこうやって、おもしろおかしく編集者の話のタネに使われ、流布《るふ》されるのか、と世の中の仕組みを知った一瞬であった。

とにもかくにも、八月、無事収穫の季節を迎え、私は両手に抱えきれぬ大小さまざま三十数個のひょうたんを手に入れた。大きいといっても、百成ひょうたんなので、せいぜい高さ十五センチくらいといったところか。その頃には、私にも明確な目標が生まれていた。全国大会などという大それたところではなく、ささやかなインテリアとして、小さなひょうたんランプをつくってみようというものである。

ひょうたんは収穫したら、はいそれで終わり、というものではない。そこからが本番と言っていいくらい、やるべきことがわんさと控えている。まず、ひょうたんはすべて種出しし

たのち、乾燥させる。文字にするとずいぶん簡単そうに聞こえるが、実際には実の内部に水を入れ、じっくりと腐らせて、外に吐き出させる、という悪臭に塗《まみ》れた作業が待っている。薬品を使わない場合、これだけでも一カ月以上かかる。種出しののち、乾燥工程に入り、ようやく終了。ひょうたんといったら、むかしはお酒を入れて水筒代わりに使っていた、というイメージがあるが、こんな手間をかけて水筒代わりにしていたのか、と先人の真面目さに改めて感心した。

乾燥を終えたひょうたんは、当然だが中身が空っぽになったぶん、おそろしく軽くなる。収穫したひょうたんすべてにこれらの処理を施すとどっと疲れた。ただ無地のすべすべした、互いにぶつけ合うとからんからんと鳴るひょうたんに仕上げただけで、やりきった気になった。だが、本当はここからが勝負なのだ。ここからひょうたん界の先達《せんだつ》たちは、漆を塗り、金箔《きんぱく》を貼り、透かし彫りを施し、湾曲した表面に般若心経《はんにゃしんぎょう》を書きこみ、孫と背比べをさせ、猛者《もさ》たちが集う全国大会目指し鋭意創作に打ちこむのである。

結局、私がふたたびひょうたんへの意欲を復活させたのは、春が訪れる前のことで、ひょうたんの表面にドリルで穴を空け、釘《くぎ》で細かい装飾を施し、ひょうたんランプとして渾身《こんしん》の作品に仕上げたときには、実に種蒔きから丸一年が経とうとしていたのだった——。

＊

あのひょうたんまみれのシーズンから、はや二年が経った。

私は今年もひょうたんを育てている。とはいえ、一年目のような病に憑かれたような熱意はもうない。ほどほどに育て、ほどほどに実を成らせ、ほどほどに楽しめればよいという、シニアリーグのような姿勢に落ち着いた。「ひょうたん未亡人」と愚痴《ぐち》られた日々がもはや懐かしい。

そろそろ、今年も8月8日が訪れる。

実はこの日、全日本愛瓢会が制定したひょうたんの日である。なぜ、8月8日なのか？もはやそこにコメントの必要はあるまい。

最後に私がつくったひょうたんランプの写真を紹介し、今回はお別れしたいと思う。

この写真が自慢したくて、わざわざこの一稿を拵《こしら》えたのではないのか、という指摘には、あえて否定はいたしません。

（栽培・制作・撮影　万城目学）

清兵衛と瓢箪と私

　ここ三年ほど、毎年春になるとひょうたんの種を植えている。暑い夏の日差しを受けてぐんぐんと蔓《つる》を伸ばし、葉を巨大化させ、やがてたわわな実を生《な》らすひょうたん。その栽培の成果は、一年目は三十個を超える実を収穫して大豊作（勝ち）、二年目は花が咲く前に枯死《こし》（負け）、三年目は実が生るも、それらが成熟する前に本体が枯死（引き分け）。通算成績一勝一敗一分けという、まさに五分の戦いを強《し》いられている。

　来るべき第四シーズン、はたしてひょうたん戦線に加わるべきか否か、私は逡巡《しゅんじゅん》の真っ最中である。というのも、ひょうたんという作物が、べらぼうにアホということがわかってきたからだ。

　一般的に、自然界の植物には、環境に適応して賢く生き抜いているというイメージがあるように思う。しかし、ひょうたんはちがう。ひょうたんは自爆する。この鉢の土の量では、水分および養分が絶対に足りないとわかるであろうに、お構いなしに蔓を伸ばし、葉を広げ、真夏の猛烈な日差しを浴びて、ボロ雑巾《ぞうきん》の如く萎《しお》れる。夕暮れどきに水をやろうと前に立つと、もはや死んだのではないかというくらい凄惨《せいさん》な萎れ具合をさらしているのだが、水をやると十五分くらいで嘘のように、しゃきっと元の状態に戻る。だが、その急激なリカバリーにも限度がある。ある日、水をやっても、いっこうに元に戻らず、翌朝、さらに萎れた姿を見せるひょうたん。あまりに巨大化しすぎて（三メートルくらい伸びる）、極端なリカバリーに身体が耐えきれず、そのまま成仏《じょうぶつ》したのである。私はこれをひょうたんの「発展的自死」と呼ぶ。

そんな考えなしの暴走植物であるひょうたんを題材に書かれた一編がある。志賀直哉による「清兵衛と瓢簞」だ。

文庫本でもたった六ページの小品である。実際にひょうたんを育てながらこの短編を読むと、ことのほか味わい深くその細部を楽しむことができる。

なかでも、もっとも驚かされるのが、ひょうたんがいかに人々の生活に根ざしたものだったかということだ。自動販売機が普及する以前、水筒は外出時に必携《ひっけい》のものであり、保水容器としてひょうたんは、作品が書かれた一九一二年当時、おそらく多くの家庭に複数個キープされていたと思われる。作中にも、ひょうたんを売る店が市にたくさんあったという記述がある。置物としてではない、生活必需品として売られていたのだ。

茶碗や皿といった日常品がときに芸術品へと変化《へんげ》するように、ひょうたんも蒐集品《しゅうしゅうひん》としての性格を有していた。作中、「春の品評会」なるものに行ってきたという男性が、参考品として出品された滝沢馬琴《たきざわばきん》のひょうたんがすばらしかったと話す場面がある。明治のむかしは、ひょうたん品評会に有名人の自作が目玉展示品として置かれていたらしい。貧乏だったことで有名な馬琴がそんな出来のいいひょうたんを持っていたことも不思議だし、それをみんなで真面目に眺め、ああだこうだと言い合っていたことも不思議だ。

何より不思議なのは、ラストで描かれる清兵衛のひょうたんの行方である。清兵衛がひとり根暗に磨き上げたひょうたんを教師が取り上げ、それを学校の小使《こづかい》が貰《もら》い受け、最後は骨董屋が買い取り、豪家《ごうけ》に転売するという流れを迎えるのだが、そのときの価値の急騰《きゅうとう》ぶりがすさまじい。

まず、清兵衛は元のひょうたんを十銭で買った。ほんの五寸、十五センチ大のものである。それをただで貰った小使は、骨董屋にいきなり五十円で売る。ちなみにそれは小使の四カ月分の給料とある。彼の年収をかなり低く見積もって今の額で百万と推定すると約三十三万。さらに骨董屋はこのひょうたんを豪家に六百円で売りつける。つまり何の細工も施していない素のひょうたんがざっと四百万円で売れたことになってしまう。

そりゃないっすよ、志賀先生——。

この短編を読むたびに、もしも百年前に自分が編集者なら、と想像してしまう。私は果敢《かかん》に小説の神様に向かって異議を唱える。いくら何でも磨いただけで四百万円はないっすよ、あんな何も考えていないひょうたんをそんなちやほやしちゃ駄目っすよ、と。もちろん、私は大先生の激昂《げっこう》を買う。ついでに出版界からも即時干される。想像の中でも、結局私はひょうたんに負けを喫《きっ》する。

まりも審判

三年前、北海道札幌の狸小路《たぬきこうじ》にて、小さなびんの中に小指の爪ほどの大きさのまりもが三つ入ったおみやげを買った。説明書には、一週間に一度くらい水を替えて上手に育てたら、まりもは大きくなります、といった内容のことが書かれていた。

家に帰ってからしばらくは、説明書のとおりに水を替え、直射日光の当たらぬ場所に置いてまりもを愛《め》でていたのだが、いつの間にかリビングから姿を消していた。

そんなまりもが洗面台下の収納スペースから発見されたのは、半年前のことである。

おそらく一年以上、完全な暗黒の空間に閉じ込められていたにもかかわらず、まりもは鮮やかな緑を保っていた。びんの中の水に濁りは見られず、何ら変化がうかがえないまりもに対し、こう思った。

「君たち、ニセモノじゃないのか？」

植物が一年以上も光合成をせずに生きられるものなのか？　まったく水が汚れていないなんてことがあり得るのか？　つまりは、君たちは化学繊維じゃないのか？

それから、まりも（仮）との対話が始まった。

びんから一個を取り出してみた。「ふわふわ」「ゆるゆる」とした質感かと思いきや、「もそもそ」「ごわごわ」としている。ほぐしてみる。もずくのような長い藻《も》が集合しているイメージだったが、実際は一、二ミリの短い藻（仮）が固まった造りになっていた。

本物？　ニセモノ？　見た目だけではわからない。だが、思いのほか硬い感触に化繊疑惑がいよいよ強まってくる。

顕微鏡で観察することにした。

のぞいてみると、管のようなものの内側に、緑っぽい物質が詰まっている。だが、これが植物なのか化繊なのか、その判断ができない。比較対象として、ポリエステル一〇〇％の表示があったトイレマットの毛を切り取り、こちらも観察してみた。トイレマットに緑の部分はないが、管の部分に差異があるかというと、これがよくわからない。

そこで、燃やしてみた。

化繊なら、甘ったるい嫌な臭いがするはずだ。ピンセットの先に五ミリほど藻（仮）をつまみ、ガス台の火で燃焼させた。

何だか、海苔《のり》の匂いがした。

だが、一瞬すぎてよくわからない。

お次は、凍らせてみた。

そこへ沸騰したお湯を注ぐ。凍らせると組織が破壊されるので、お湯を注げば溶けるのでは？　と考えたのだ。

結果——、まりもは溶けなかった。ふわふわと一、二ミリの短い藻（仮）がお湯に浮いている。全体のボリュームは減少した気がするが、これまたよくわからない。

さらに、キッチンハイターにつけてみた。

アルカリ洗剤がタンパク質を溶かす働きを利用し、植物なら脱色されて、ついでに溶けるはず、と考えたのだ。

結果——、確かに短い藻（仮）は脱色され、透明化した。だが、溶けていない。透明になった短い藻（仮）が大量に漂っている。どうジャッジしたらいいのか。やはり、わからない。

確かに、あれこれ実験して試すのは楽しい。

だが、実験結果を解析する知識と経験が私にないため、そこから結論を導き出せないのがもどかしい。

ちなみにびんの中のまりも（仮）は、目に見える形で光合成をしない。ここで空気の粒をぷつぷつと藻の内側から生み出してくれたなら万事解決なのだが、水を汚すこともなく、びんの底で静かに転がったままだ。

そんなこんなで、洗面台下の収納スペースからまりも（仮）が発見されて半年が経った。

科学的知識に乏しい私でも、半年あれば明確な判断基準を得られる。すなわち、対象が枯れるかどうかを見定めるのだ。言うまでもなく、枯れたら植物だ。

かくして、半年間、まりも（仮）を乾燥状態で放置してみた。すると、まりも（仮）は茶色がかった、くすんだ緑色に変化した。

ここに至っても、枯れたのか、素材が劣化したのか、判別がつかないまりも（仮）。どこまでも尻尾をつかませない。一筋縄ではいかない奴である。

どうしたものかと思いつつ、ふと顕微鏡でのぞいてみた。「アッ」とつい声が出てしまった。干からびて、表面の組織だけになった結果、そのフォルムをはっきりと確認できるようになっていたのである。

間違いなく、植物だった。

なぜなら、途中で分岐したり、表面にコブのようなものができたりしているからだ。化学繊維はプラチップを高温で溶かし、直線的に延伸させるので、途中で分岐することはない（筆者は化学繊維会社に勤務経験アリ）。

かくして、正体のわかったまりも（仮）。否、まりも。

もっとも、まりもは天然記念物で本物は採ってはいけないので、あくまで本物の藻を固めた植物――、というのが正確なジャッジである。

＊単行本収録に際して追記

この原稿を執筆して二年半が経過しても、依然まりもは健在だった。一度も水を入れ替えず、薄暗い引き出しの隅に放っていたのに、枯れもせずまるで仙人のような風情で瓶の底に転がっている。

近所の神社で秋祭りがあり、家族が金魚すくいをしたついでに金魚をもらってきた。私はそれを水槽に入れて飼い始めた。

先日、最終追加実験として、まりもを水槽に入れた。水草の集合であるなら、何でも食べる金魚の餌になると考えたからだ。

ポトンとまりもを底に落として半日後、水槽をチェックした。

まりもが消えていた。影も形もなくなっていた。

やはり、まりもは食物、すなわち植物だったのだ。

もっとも、金魚が食べている場面を直接確認したわけではないので、ここでも推論という枠を出ず、どこまでも淡いグレーな印象を残したまま購入して五年、我が家からまりもは去っていった。

『まんが道』から延びた道

ひさしぶりに『まんが道』が読みたくなって、とてもぶ厚い愛蔵版四冊を手に入れ、仕事の合間を見つけては夜更《よふ》けにページをめくる日々が続いている。

藤子不二雄Aの自伝的まんがとして知られる『まんが道』は、富山の高校生二人がまんが家を目指し切磋琢磨《せっさたくま》しながら、やがて上京し、トキワ荘にて同じ道を志す多くの友に出会い、より高みへ到達せんと険しき道を上っていく物語である。

はじめて『まんが道』を読んだのは、小学三年生のときだった。祭りに出店していた古本屋の段ボールに古いコミックスを見つけたのが出会いだった。ちょうど、クラスの誰もが学習ノートにまんがもどきのようなものを描き、当時流行《はや》っていた『バルサスの要塞《ようさい》』やソーサリー・シリーズのようなゲームブックもどきのようなものをつくり、創作というもののおもしろさ、難しさに無邪気に触れ始めた頃だった。例に漏れず、まんがもどきのようなものを描いていた私も、主人公二人の真摯《しんし》なまんがへの取り組み方にすっかり感化され、友人とまんが雑誌をつくろうと盛り上がっては、表紙だけを描いて満足し、中身は一ページも埋めずにコンビ解散と、いたって健全な小学生の創作活動に勤《いそ》しんでいた。

そんな『まんが道』の魅力に惹かれたばかりの小学三年生の私に、嘘のような出来事が訪れる。

いったいどういうツテがあって実現したものだったのか、小学校に手塚治虫《おさむ》が講演に来たのだ。

『まんが道』において、手塚治虫は主人公二人にとって憧れの人物、いや神様・仏様の如き偉人として君臨《くんりん》している。数多くの締め切りを抱えながら、決して弱音を吐かず、常に柔和《にゅうわ》な態度でもってド新人の主人公たちに接する手塚治虫は、まさに生き仏のような存在であり、実際に登場シーンでは頭に後光が差し、ときには本人自体が白く輝きだすなど、もはや人間の扱いではない。

今では有名なトキワ荘も、はじめは宝塚出身の手塚治虫が東京での仕事場として借りた場所だった。手塚治虫が引っ越したのち、その部屋に藤子不二雄の二人が入り、さらには石ノ《いしの》森章太郎《もりしょうたろう》、赤塚不二夫《あかつかふじお》といった錚々《そうそう》たる顔ぶれが集まり、やがてその名を天下に知らしめるに至る。

手塚治虫の講演は学校の講堂で行われた。講堂は全校生徒が入れるほど大きくなかったので、講演は小一から小三、小四から小六と二部に分かれて行われた。

私はこの分け方に、はなはだ落胆した。

当時、「週刊少年ジャンプ」では『キン肉マン』『キャプテン翼』『ドラゴンボール』『北斗の拳』が人気を博し、正直に言って子どもたちの間でも、手塚治虫は過去の人という認識だったと思う。誰もがその名を知っているが、幼稚園の頃に流行っていたアニメ映画『ユニコ』や、『鉄腕アトム』の原作を描いた人、というのが率直なイメージだったのではないか。

それだけに、『まんが道』を通じ、手塚治虫の先駆者としての偉大さを学び、その輝きっぷりを知っていた私はくやしくてならなかった。小一とイスを並べ、相手は子どもだろうから、とレベルを落としたやさしい話を聞かされることが、心底やるせなかったのである。

もっとも、そんなことを言っておきながら、肝心の講演で手塚治虫が何を話したか、実はまったく覚えていない。記憶に残っているのは、ホワイトボードに次々と自作のキャラクターを描き、途中でそれが何かわかったところで、「ユニコ!」「アトム!」と子どもたちから歓声が上がったこと、聴衆のなかから中山さんという女の子を壇上《だんじょう》に招き、その名前を使って絵を描いたこと、このふたつの場面だけである。

なかでも、中山さんの名前を使った絵遊びはすごかった。

まず、ひらがなで「なかやま〇〇〇」と中山さんのフルネームをホワイトボードに横一列に書く。次の瞬間、マジックを手に手塚治虫は、ひらがなの線を使って、左端からどんどん絵を足していった。ひらがなのとある線は鹿の背中となり、別の線は鳥の羽となり、文字を構成する直線、曲線すべてが絵の一部に置き換わった。ルービックキューブの名人がいっさいの躊躇《ためら》いなく終点に向かって手元を回すように、まったく手を止めることなく、あっという間に、手塚治虫は中山さんの名前を絵のなかに埋めこんでしまった。

そのときは、何か手品のようなものを見せられたとしか思えなかったのだが、今となっては、直線と曲線に対するとんでもない理解と、すさまじい技量が合わさってはじめてできる余技だったとわかる。講演の間、手塚治虫はずっと笑顔で話してくれたように思う。本当に偉い人は決して威張らない、とは、故児玉清さんを間近に見たとき感じたことだったが、手塚治虫もきっと同じものを持っていた人だったのだろう。

そんなむかしのことを思い出しながら、私は『まんが道』を読み耽《ふけ》る。もっとも、再読一度目はあまり楽しめなかった。なぜなら、あの「大崩壊」がくるときが怖くて、上京して成長軌道に乗る二人の姿を素直によろこべなかったからである。

作中、二人はよく夢を見る。

その夢のほとんどが悪い夢だ。締め切りをすっぽかし編集者に罵倒《ばとう》される夢、何日も徹夜して描き上げた原稿を編集者がタクシーに置き忘れてしまい、あと一日ですべてを描き直さなくちゃいけない羽目になる夢、仕上げたと思った原稿を渡したら「みんなまっ白じゃないか！」と突き返される夢——。

「ワーッ！」

と叫んで、毎度の如く目が覚めるわけだが、これがとうとう現実のことになってしまう日がくる。

トキワ荘に移り住み、まんが雑誌の興隆《こうりゅう》の波に乗り、どんどん仕事が増えていく二人。無理を承知で複数の連載に加え、付録書き下ろしを引き受けた結果、二人はものの見事にパンクしてしまう。そのときの、催促の描写のおそろしさ。上京以来、はじめて富山の実家に帰省し、つい気を緩めてしまったことが「大崩壊」の端緒《たんしょ》になるわけだが、そのまま富山に留まり、原稿を描く二人のもとに続々と電報が届く。

「シメキリマニアワヌ　スグオクレ」

「アスカナラズオクレ　アナガアク」

「シキユウオクレシメキリギリギリ」

「タノムカラ　スグオクラレタシ」

「オクルニオヨバズ　ヨソヘタノンダ」

「モウマテヌ　アナガアイタ」

舞いこむ電報文の無機質さと、焦れば焦るほど原稿に集中できなくなる二人のコントラストが、読んでいるこちらの胸をきりきりと締めつける。すべての締め切り日が過ぎると同時に、あれほど喧《やかま》しかった催促の電報がぴたりとこなくなる。そのとき二人は、「すべて終わってしまったのだ」と悟るのだ。

まさしくこの天国から地獄へと急降下する「大崩壊」は、小学生だった私に強烈な印象を残した。「締め切りはいっぱい抱えてはいかん」と存分に刷りこまれた。それゆえ、私は作家としてデビューしてから、まだ一度も小説の原稿依頼を複数同時進行で引き受けたことがない。月に五作も六作も連載小説を掛け持ちする作家があまたいるなか、私は常に一本である。もともと遅筆《ちひつ》で量が書けないというのが、いちばんの理由であるが、自分のペースがつかめる前から、受ける仕事は一本と無意識のうちに決めていたのには、間違いなく『まんが道』の影響がある。

さらには、再読して新たに発見したことなのだが、大学を卒業後、就職した会社を二年で辞めた際、地元の大阪に戻るという選択肢を考えたこともなかった。とにかく東京に行かなくてはいけない、と決めていたのもまた、『まんが道』の影響ではなかったか。富山から二人が勝負をかけに旅立つのを見ていたからこそ、自分も本気で作家を目指すなら東京に行かなくてはいけない、と勝手に決めつけていたように思うのだ。

さらにさらに、もうひとつ大きな発見があった。

作家という職業に就いてから改めて読んだ『まんが道』、同じ創作者の端くれとしてもっ

とも心くすぐられたのは、

「何て『松葉』のラーメン、うまそうなんだ！」

というところだった。

松葉とは、トキワ荘の近所にある中華料理屋の名前で、新たな住人が引っ越してきたときなどに、出前のラーメンが祝いの食べ物としてしばしば登場する。いかにもむかし懐かしの中華そばを囲み、トキワ荘の面々が四畳半に車座になり、ほかほかと湯気を発する器を持ち、明日の夢を語りつつ麵《めん》をすする、そのしあわせそうな顔といったら！

そう、大きな発見というのは、何とこの松葉がまだ営業しているという事実だった。トキワ荘はすでに取り壊されてしまっているが、松葉は同じ場所で営業を続けていて、さらには当時と変わらぬ味のラーメンがメニューにあるのだという。

それを知り、私は動いた。

滅多に動かぬ、私が動いた。

さっそく松葉の場所をネットで確かめ、東京都豊島区へと敢然《かんぜん》と向かったのである。

「ンマーイ！」

目尻を下げて、主人公たちがつるつるすすっていた、あの松葉のラーメンを食べんと何本も電車を乗り継ぎ、いったいどこに向かっているかもわからなくなりながら目白通りを歩いた。やがて『まんが道』にも登場する、トキワ荘に向かう際の目印になる交番にたどり着き、ホッと胸を撫《な》で下ろして脇道を進んだ先に、「トキワ荘」の文字が躍る商店街のフラッグを発見。いよいよ間違いない、と一気にテンションを上昇させて歩を速めると、黄色いテントの店が左手に見えてきた。

「中華料理　松葉」

テントの布地に赤い文字でくっきりと記されていた。その前で、私は言葉もなく立ち尽くした。

休業。

無情に降りたシャッターをしばし見つめたのち、私はとぼとぼと歩き始めた。

似合わぬことをすると、人間、得《え》てしてこういう結末を迎えがちなものである。

今夜も私は、三周目の『まんが道』のページをめくりながら、「ああ、松葉のラーメンおいしそうだなあ」とひとり想像を逞《たくま》しくしている。

ちなみに、再訪の予定はない。

藤堂高虎とあそんでみる

みなさんは藤堂高虎《とうどうたかとら》という戦国時代の武将をご存じだろうか。

近江《おうみ》出身の武将で最初は浅井《あざい》家に仕え、その後主家をいくつも乗り換え、豊臣秀吉の弟秀《ひで》長《なが》のもとで一万石の大名に出世し、秀長の死後は秀吉に重宝され、秀吉の死後は徳川家康に重宝され、ついには津と伊賀を統治する三十二万石の大大名にまで上り詰めた人物である。

もっともこの高虎氏、今もって評価が定まらないところがあって、彼をいけ好かんと主張する人々は「ころころ主家を変えすぎる」とその節操《せっそう》のなさを攻撃し、彼を支持する人々は「先見の明があったからこそ」とその現実的な視野の広さを称賛し、どちらもそれなりに理があって、なかなか答えが出ない。

しかし、高虎氏に関し、間違いのないことが三つある。

ひとつは高虎氏の御尊父《ごそんぷ》の名前が藤堂虎高であり、御母堂《ごぼどう》の名前がとらであり、親子揃ってどんだけ虎づくしやねん、ということ。

ひとつは身長が六尺二寸（約一九〇センチ）もあり、当時の成人男性としては、雲をつくような巨人だったということ。ときの天下人秀吉が、一五〇センチに満たぬ小男だったというから、まさしく規格外の偉丈夫《いじょうふ》であった。

そして、最後のひとつが城の設計および築城に関し、天才的な能力を発揮したことである。なぜ、たかが近江の土豪の次男坊が、功成し名を遂《と》げんと槍を手に戦場をかけずり回っている傍《かたわ》らで、これほどの土木的才能を磨くに至ったか不思議で仕方がないのだが、とにかく高虎氏、戦国末期から江戸初期にかけて数多くの築城を手がけた。自分の領内に留まらず、徳川将軍の居城である江戸城、豊臣家が滅んだあとに造り直した大坂城、京都の二条城、さらには日光東照宮《にっこうとうしょうぐう》といった幕府の威信をかけた巨大建築物を造る際には必ずと言っていいほど助力を求められた。京都南禅寺の有名な三門もまた、彼が寄進したものである。それらの仕事がいかに頑健で、現代に通用する質を有していたかは、ひとつは皇居となり、その他はどれも大きな観光資源として今も地域に貢献しているところから見ても明らかである。私はこのときの高虎氏の活躍をして、「慶長・元和《げんな》の安藤忠雄」と勝手に呼んでいるが、あながち外れてはいないと思う。

なぜ、私がこれほど高虎氏の行状《ぎょうじょう》に執心《しゅうしん》かというと、今手がけている『とっぴんぱらりの風太郎』という小説が、伊賀の忍びを扱った作品だからだ。時代的に藤堂家の治世下の伊賀で忍びに育てられた若者を主人公に据えたため、必然そのボスも高虎氏となる。そこで高虎氏がいかなる人物だったか改めて勉強する必要が生じ、かように生半可《なまはんか》な知識を得るに至ったわけである。

　ところで、この資料調べというのは、実に眠たい作業だ。四つも五つも、机の上に書籍や年表やノートを広げ、あちらこちらに目線を配り、小説に触れる部分だけを抽出していく。しかし、所詮《しょせん》は付け焼き刃の詰めこみ学習ゆえに、あとになって「あのエピソードが書いてあったのはどれだったっけ？」と確認する羽目になっても、すでに記憶があやふやで、なかなかお目当ての記述に再会できない。目星をつけた書籍を片っ端からめくるも空振りが続くと、ああ、もう嫌、とテレビをつけて逃げに走ってしまう。

　すると、画面では遠くヨーロッパでのサッカーの試合などをやっている。

　それをぼんやりと眺めながら、ふと、高虎氏がサッカー日本代表に選ばれたなら、ポジションはどこだろう、などと考え始めた。

　もちろん、一九〇センチの巨軀《きょく》を存分に活かし、私なら高虎氏をディフェンダーのポジションのひとつであるセンターバックに置きたい。そこに同じく一九〇センチ近い巨漢だったと言われる加藤清正を横に並べ、高さには絶対の強さを発揮させよう。そう言えばこの二人、豊臣秀頼《ひでより》がその生涯のなかで一度だけ大坂を出て、京の二条城で待つ徳川家康のもとに挨拶に赴いたとき、揃って秀頼の護衛を務めたのだが、現代のサッカー・ワールドカップに出場する強豪国でさえ、センターバックの二人がともに一九〇センチというのはめずらしい。当時ならば、まさに化け物二人が従っているような眺めだったろうな――。

では、次はサイドバックをどうしよう。

つまりこれはディフェンダー四人を横一列に並べる、いわゆる4バックの布陣を敷《し》くということであるが、まず左サイドバックは島津義弘で決まりである。あの天下分け目の戦いとして名高い関ヶ原合戦において、総大将の石田三成による再三の出撃要請を無視し続けたにもかかわらず、なぜか自らが属する西軍が雪崩《なだれ》を打って敗走する段におよび、突如正面を埋め尽くす敵軍の真ん中を突っ切って退路をつくったという、前代未聞の縦への突破力をここは買いたい。

左の島津が、味方も予期できぬエキセントリックなオーバーラップを持ち味とするのなら、右サイドバックには全体の動きを見てポジションを修正するバランサーとしての感覚が求められてくる。そこで、ここに細川藤孝《ふじたか》を推す。足利義輝、足利義昭、織田信長、豊臣秀吉、徳川家康と、ときの権力の所在地を正確に見抜き、仕える相手を変えた絶妙なバランス感覚を評価したい。

同じことをしていても、土豪上がりの藤堂高虎は主をころころ変えたとぶつくさ文句を言われ、武将というよりも公家の色彩が強い細川藤孝は時流を見る目があったと褒めそやされるのだから、世の中とは不公平なものである。と言いつつ、私も細川藤孝はイメージから、いかにもエレガントなプレーをする気がする。「好きな言葉は雑草魂」とか、死ぬまで口にしないと思う。さらには「古今伝授」という「古今和歌集」の解釈についての唯一の継承者であり、当代随一のインテリだった男ゆえ、今の代表選手本ブームに乗っかって、ピッチの外でも本を書いてベストセラーも狙いそうだ。いつの時代も言葉を味方につけている人間は強い。

次は中盤に移る。

チームの心臓であるボランチには、このチームのキャプテンを配置しよう。

「動かざること山の如し」の武田信玄公である。

本当は右へ左へ動き回って、相手のチャンスの芽を片っ端から潰《つぶ》してもらわないといけないので「動かざる」だと困るのだが、あえて安心感が溢れるこのフレーズを使いたい。もちろん、守ってばかりではなく、機を見ては「はやきこと風の如く」前線に駆け上がる。いつもいかつい口髭《くちひげ》を生やし、加えてスキンヘッドの信玄公である。ファンサイトの名前は「shingen.co」である。「山猿」と相手に罵《ののし》られると、ときどきラフプレーに及ぶ。

もうひとりの相棒になるボランチはひとまず置いて、一転、ゴールキーパーに話を移そう。

鉄壁の守護神となるかどうかは、正直なところ自信がないのだが、私がゴールマウスの番人に選ぶのは「乱世の梟雄《きょうゆう》」松永久秀だ。一時は都を支配し、この国の中枢を押さえたこともある松永久秀だが、臣従したはずの織田信長に反旗を翻《ひるがえ》し、信貴山《しぎさん》城にて爆死という壮絶な最期を遂げる。

その際、「それを寄越《よこ》したら命を助けてやる」と信長に要求された「平蜘蛛《ひらぐも》釜」なる茶器を抱え、久秀は天守の最上階にて火薬に点火し、釜もろとも木《こ》っ端微塵《ぱみじん》となった。私にはその「平蜘蛛釜」を抱える久秀が、グラウンダーのボールを屈《かが》んで受け止め、腕で第一の壁、太ももで第二の壁をつくり、お辞儀をするように額を芝につけ、丁寧にキャッチするゴールキーパーの姿にしか見えない。それだけの理由で、「安定」というゴールキーパーにとってもっとも大事な言葉と終生無縁であったこの男を守護神の座に据えた。再度念を押すが、ちゃんと守ってくれるかどうかはわからない。

さあ、ここで一気に前線に飛ぼう。

このまさに「侍」ジャパンのフォーメーションは、4－3－3を採用している。ゴールキーパーの前に、ディフェンダーを四人、中盤を三人、前線に三人を置くというのが、その数字が意味するところである。

前線に配置される三人のアタッカーのうち、まず左に構えるのが伊達政宗《だてまさむね》である。隙《すき》あらば相手の寝首《ねくび》を掻《か》かんとする、隙あらば敵の裏を取る動きを得意とする、危険な点取り屋だ。片目に眼帯を巻いて世界で戦えるのか、という指摘には私もノーコメントを貫くが、チーム随一の叛骨《はんこつ》精神と、敵はおろか味方さえもときにプレーで欺《あざむ》く、そのトリッキーさを買って3トップの一角を任せたい。

そして右には、お待たせ、豊臣秀吉だ。

世界を相手に戦うチームには「持っている」男が必ずひとり必要だ。その人物が持つ運気が周囲に作用し、勝利への上昇気流を作り出す。ならば、百姓のせがれから天下人まで一気に上り詰めるという、日本史上一、二を争う上昇運を持つ、この男を使わない手はない。ただ、スターは得てして女癖が悪い。これまた日本史上一、二を争う好色家だった秀吉ゆえ、グラウンド外でのゴシップにも事欠かず、よくも悪くも常にチームの中心的選手として話題を提供しそうである。しかし、その愛敬《あいきょう》ある振る舞いはムードメーカーとして存分に機能するはずだ。あるじ信長の草履《ぞうり》を懐《ふところ》に入れてあたためていたという逸話をデフォルメし、「信長殿のスパイクを胸に入れてあたためようとしたら、スパイク裏の歯が肉に食いこんで血を噴《ふ》いてもうた」という鉄板ネタで、試合前のロッカールームの緊張を大いにほぐしてくれそうである。

大事な3トップの真ん中は誰にすべきか。

ここは最近流行りのゼロトップといった、技巧派集団に傾くのではなく、かつての釜本邦茂のような典型的ストライカーにその席を与えたい。

攻撃的センスからの人選なら、この時代はまさに人材の宝庫である。なかでも傑出《けっしゅつ》しているのが、残酷なまでの攻撃意識のかたまりであった第六天魔王織田信長、もしくは人生を通じ不敗を記録した毘沙門天《びしゃもんてん》の生まれ変わり、軍神上杉謙信であろう。他に若手として、強引なドリブルが持ち味の福島正則、フィジカルでは誰にも引けを取らぬ柴田勝家、不屈のメンタルを持つ島左近《しまさこん》、一点差で負けているときに投入されると奇跡の逆転劇を招き寄せる真田幸村などが控えているが、これら若手が瞬間的な爆発力で先の二人に勝ることはあっても、九十分を通じての勝負では、天下を狙う戦いを経験している先達にスタメンの座を譲りそうだ。

馬上にて南蛮胴に南蛮マントを颯爽《さっそう》と纏《まと》っていたという織田信長は、きっと所属海外チームから離脱して代表戦のため一時帰国する際は、成田・羽田に降り立つたびに、奇抜なファッションでファンの目を楽しませてくれそうである。一方、上杉謙信のほうは、そういった派手さとはとことん無縁。オシャレ感覚ゼロ。オフシーズンは禅寺に籠《こ》もり、彼女がいる噂もいっさいなし、ロッカールームでも精神集中のために護摩《ごま》を焚《た》き、スプリンクラーを作動させたという伝説を持っていそうだ。

ここまで、実績も抜群で個の力も強い二人なら、もはやどちらがスタメンを張ってもよい

のだが、先発は織田信長にしよう。緊迫する試合前のロッカールームで、

「人間五十年、下天《げてん》のうちをくらぶれば」

と陰気に「敦盛《あつもり》」を舞ったのち、お茶漬けをかきこみ、他のチームメイトが円陣を組もうとしているのに、ひとり勝手にグラウンドに飛び出してしまう「桶狭間《おけはざま》モードに入った」状態を間近に見てみたいから、信長を選ぶことにしよう。

いよいよ残るは、信玄公以外の中盤の二人である。

ゲームをコントロールする司令塔とボランチだ。

まず、司令塔には私の好みで、ぜひ知性派を置きたい。

相手の攻守の意図を読み、巧みにその裏をかく権謀術数《けんぼうじゅっすう》を駆使《くし》するくせ者司令塔がよい。ならば軍師として名高い黒田官兵衛か山本勘助か。クリーンなプレーに定評がありそうな竹中半兵衛もいいし、チームの約束事を神経質なまでにきっちり守りそうな石田三成も候補に挙がりそうだ。知将として明智光秀も忘れてはならないし、謀将としての宇喜多直家《うきたなおいえ》も味があって楽しそうだ。日本人好みの花形ポジションだけに、前線に上杉謙信を入れていいから、俺を司令塔に下げろと織田信長や豊臣秀吉が直談判《じかだんぱん》に訪れるやもしれぬ。

しかし、私は決めている。

こういう真ん中には、悪い奴が入らなければいけない。

悪い奴は相手が嫌がることを本能的に察知する。人の数倍、心の機微《きび》を読むことに長《た》けているから、それを先回りして、相手をだますことができる。

そこで私が抜擢《ばってき》するのが、一介の油売りから主人をだましにだまし、ついに一国のあるじまでのし上がった、「美濃《みの》のマムシ」こと斎藤道三《どうさん》である。その必殺技「マムシ殺しパス」は、彼が油売り商人だった時分、五円玉のように真ん中に穴の開いた一文銭に油を垂《た》らし、細い糸となった油が見事穴を通過する芸が見物客に大受けだったというテクニシャンぶりが遺憾《いかん》なく発揮された、変幻自在のキラーパスだ。相手が嫌がっているところを的確に突き、相手の守備を混乱に陥れる、この「マムシ殺しパス」を受けた織田信長が、「桶狭間モード」も最高潮に発揮された電光石火のカウンターでズドンとゴールを決める。実は舅《しゅうと》から息子へのホットラインだ（斎藤道三の娘が織田信長の妻）。もちろん、翌日のスポーツ新聞の見出しは、

「デアルカ弾炸裂！」

で決まりデアルカ（織田信長の口癖は「デアルカ」だったと言われている）。

最後に残ったボランチであるが、私はこのポジションに、チームをひとつにまとめることができる人物を招きたい。

何しろ、血で血を洗う争いがひたすら続いた戦国の世だ。これまで挙げたメンバー間で

も、因縁怨念《いんねんおんねん》の網が蜘蛛の巣のように張り巡らされている。ボランチ（武田信玄）の息子がフォワード（織田信長）に殺され、ゴールキーパー（松永久秀）に至っては本人がフォワード（織田信長）に殺された。センターのラインだけでも陰惨極まりない。

ベンチまで目を向けてみると、さらに事態は深刻だ。織田信長を殺した明智光秀が座り、その光秀を殺した豊臣秀吉がいるわけで、さらに光秀の娘（細川ガラシャ、右サイドバック細川藤孝の息子の嫁）は、光秀の隣に座る石田三成に殺され、その石田三成と豊臣秀吉の息子はまだ登場していない徳川家康に殺された。そして徳川家康も息子を織田信長に殺されている――、とそこにあるのは畜生道《ちくしょうどう》がそのまま世に現出したかのような、悲しき因果応報の縮図である。とてもじゃないが、チームとして一体になって戦うなんてできやしない。

かような事情を汲み、私が抜擢したのは豊臣秀長である。知名度では、これまで登場した十名にはるかに劣るが、彼の人間性に私はこのチームの命運を託す。高虎氏の主君としても前出のこの秀長は、豊臣政権の初期に調整役として抜群の働きを示した。平城京が築かれて以来、寺社関連の面倒事が常にくすぶっていた大和の国でさえ、彼が統治すると鎮《しず》まった。穏やかな性格で人の話をよく聞き、兄の補佐役として豊臣政権の屋台骨を担ったのだが、早くして病死してしまい、それから秀吉は性格狷介《けんかい》な独裁者へと変貌していく。

チームがひとつにまとまるための最後の一ピースが豊臣秀長になったことで、おそらく現実のサッカー日本代表でもまだ実現していない、兄弟での国際Aマッチへのスタメン登録が、よもやの豊臣兄弟によって成し遂げられた。それにしても、豊臣兄弟ってまったくピンとこないな。

残るは戦国の世の最終勝者徳川家康である。

その名前がチームに見当たらないのは、私も許されないことだと思う。しかし、何と言うのだろう、私には家康が運動している姿がまったく想像できないのだ。当人は七十歳を超えてからも、鷹狩りに、水泳に、おそらく当時の日本人のなかで、もっとも己の健康に留意し、積極的に運動していた人間だったのだけれども。

要は家康にはチーム競技が似合わないのである。加えて、イメージが常に老人だ。そこで、彼にはチームの監督に就任していただく。煮ても焼いても食えない、でっぷり太ったタヌキ親父監督として、メディアの鋭い追及を煙に巻いてほしい。

さて、十一人が揃ったところで、どの国の代表と戦おう。

言うまでもなく、中国が世界屈指の強国として立ち塞《ふさ》がりそうである。項羽《こうう》と呂布《りょふ》の2トップ、司令塔に諸葛孔明《しょかつこうめい》、もしくは曹操《そうそう》――、考えただけでおそろしい。監督は孔子だろうか。チームへの指示に反語表現が多すぎて、選手から何を言っているかわからないとクレームが出そうだ。ローマ代表も楽しそうだ。大浴場を造ったカラカラ帝は、ぜひ「カラカラ、もう体力カラカラです！」と実況でおちょくるためだけに選出したい――。

ハッとして、私は意識を取り戻す。

私はここでいったい何をしていたのか？　そうだ、連載の原稿を書き進めるのに必要な、藤堂高虎に関する資料を確認しようとしていたのだ。

いつの間にか、手元には紙が用意され、そこにはああでもないこうでもないと、戦国武将の名前をいくつも書いては二重線で消した、汚らしいフォーメーション図ができあがっている。すでに夜は明けんとしている。窓の外からは新聞配達のカブがスタンドを下ろす音が響く。私は力なく紙を脇へどける。まだ調べが終わっていない資料の山が下から顔を出す。

楽しかった遊びの時間は終わった。

私の原稿は一文字も進んでいない。

旅するマキメ！

わんちぇんむぅがやってくる　ヤァ！ヤァ！ヤァ！

と言っていたかどうかはわからない。

たぶん、誰も言っていない。

しかし、私がステージに登場するなり、いっせいに向けられた好奇に満ちた眼差《まなざ》し、そのほとんどが手に掲げていたスマートフォン、誰もが無言でカメラモードのシャッターボタンを押している——、それらの風景はどこまでも真実の眺めであった。

マイクを渡され自己紹介を促された私は、

「にぃはぉ、うぉしぃ、わんちぇんむぅ……しゅえ」

と気恥ずかしさを押し殺し、ぼそぼそと名乗った。一瞬の間が空いたのち、「うほーう」という、何とも言えぬ吐息系の歓声が上がった。それはそれでまこと気恥ずかしく、

「ほんまかいな」

と会場を見渡し、心でつぶやいた。

私の前には、二百人もの「萬城目學《わんちぇんむぅしゅえ》」の本を持った人々が、キラキラした眼を向け、ステージに居心地悪く立つ私を観察していた。

それから私は三時間ほどかけて、五百冊近くにサインをした。

DAY1

これまで私が書いた小説はすべて、台湾で翻訳されている。表紙も日本と同じく、石居麻耶さんが手がけたものはそのまま台湾版にも使われている。

このたび、『偉大なる、しゅららぼん』の台湾版が刊行されるのに合わせ、私は台湾を訪れた。私の作品をすべて翻訳している出版社からの招待を受けたのだ。訪台の目的はサイン会である。さらには記者会見である。ファン・ミーティングである。どれも「ほんまかいな」の内容である。しかも、サイン会は台中と台北の二カ所で行うという。人数は台中百人、台北二百人を予定しているという。どだい無茶である。日本ですらそんなには集まらないのに、いわんや台湾をや――。

しかし、私の弱気をよそに、台湾の出版社のみなさんは「大丈夫ですよー」と笑顔で言う。みなさん、女性である。台湾では文化系のマスコミで働くのはほぼ女性、小説を読む割合も女性が多いそうで、とにかく女性が強い。

「何で男性の編集者が全然いないのですか」

と訊ねると、

「女のほうがセンスがいいから」

と真顔で返ってくるお国柄である。

もっとも、同じマスコミでも政治や経済、ＩＴ分野では男性が多いというから、要は棲《す》み分けがはっきりしているということなのだろう。

『鴨川荷爾摩』

これが台湾版『鴨川ホルモー』のタイトルである。中国語で「ホルモー」の発音に近いところを持ってくるとこうなるらしい。もとは私がでっちあげた言葉ゆえ、漢字をあてるにしても典拠《てんきょ》などあるはずない。では、どうやって「荷爾摩」に落ち着いたのかと訊ねると、

「みんなで会議をして、どの漢字がしっくりくるか意見を出し合った。同じ音でも、漢字から連想されるイメージがあるから、いちばんぴったりくるのを選んだ」

というとても興味深い答えをいただいた。「ホルモー」のホを示す「荷」には、他の同じ音の漢字とはちがう何かがあるのだ。ともに生活のなかで漢字を扱っていても、日本人には絶対に理解できぬニュアンスである。深遠なる本家本元の漢字文化にほんの少し触れた気分になる。同様に『偉大なる、しゅららぼん』も会議を経て、『偉大的咻啦啦砰』になった。音が近いものを持ってきただけに、「ホルモー」同様、発音もほぼ日本と同じである。

台湾とは不思議な国で、妙なところが日本と似ている。

かつて日本の植民地だったのだから当たり前だろう、と言われたらそれまでだが、これほどまでに物事をおもしろがる感覚が似ている、というのは歴史の共有部分の存在だけでは説明がつかぬものがあるように思えてならない。

たとえば、『鴨川ホルモー』は中国でも翻訳版が出ている。そのタイトルは『鴨川小鬼』で、台湾とは異なる。それは「鴨川ホルモーだと意味がわからんから、読者に手に取ってもらえない。もう少し、とっつきやすいタイトルに変えたい」というオファーが中国の出版社から届いたためである。それはそれとして、『鴨川小鬼』とは、タイトルからしていきなりネタバレではないか、と一度は指摘したのだが、いや、最初からジャンルをはっきりと主張しないと読んでもらえないと言われ、郷に入れば郷に従え精神により、相手の申し出を受け入れることにした。

一方、台湾では「意味がわからんところがおもしろい」という、日本的な感覚がそのままかり通る。「ホルモー」や「しゅららぼん」をどう表記すべきか律儀《りちぎ》に会議してくれている。同じ中国語圏でも、ずいぶん受け止め方がちがう。ちなみにお隣の韓国では、版権を取った出版社が別々になった都合で、『鴨川ホルモー』より続編の『ホルモー六景』が先に出るという変則的な刊行スタイルになってしまったこともあるが、やはり「ホルモー」をそのまま出しても意味がわからんから少し変えたい、という申し出により、『ロマンチック京都ファンタスティック・ホルモー』なる日本人には余計に意味がわからんように見えるタイトルで最初の作品が出た。

かように、「ホルモー」への対し方ひとつで、極東アジアを構成する各国の国民性がほのかにうかがい知れておもしろい。

すなわち、そのまま何の注釈もなく「ホルモー」を受け入れてしまう日本と台湾、この両者は明らかにゆるい。一方、読者に何かしらの注釈をつけてあげようとする中国と韓国、こちらは真面目である。そして、北朝鮮ではホルモーの存在自体が許されない。

意外なことに、あの何でもありに見えるアメリカも、映画版の公開時にはタイトルを変更した。やはり、ホルモーだとわかりづらいということで、『Battle League in Kyoto』というタイトルがついた。韓国と同じく、京都という国際観光都市が放つイメージにまずのっかることを選んだのだ。

とはいえ、台湾だって仕事に関してはいっさいゆるいところがない。それどころか、たいへん真面目である。渡された台北・台中でのスケジュールは日中、観光の時間はこれっぽっちもなく、すべて仕事で埋められていた。しかし、そもそもそんなにやるべき仕事があるのか、という根本的な疑念がぬぐいきれない。これまで日本で映像化された作品がどれも台湾で公開され、単行本もかなり売れていると聞いても、どうも腑《ふ》に落ちない。

しかし、異変は台湾に入国し、空港近くのホテルに到着したときから始まっていた。

大きなロビーに入るなり、花束を持った女性が立っていた。その隣には男性が四人並んでいる。なぜか、こちらを向いてみんなほほえんでいた。普段なら誰か来たのか、と後ろを確かめるところだが、そのときばかりはそれが自分に向けられたものであることを、すぐさま了解した。なぜなら、花束を持っている女性の腕に、台湾でも十日前に出たばかりの『偉大的咻啦啦砰』が挟まっていたからである。

「ようこそ台湾へ」

満面の笑みで花束を差し出した女性と握手をした。「先生の作品を読んでいます」と日本語であいさつしてくれた相手の女性は、明らかに舞い上がっていた。困ったと思った。男性スタッフはどれもホテルの偉いさんだった。全員と広いロビーの真ん中にて、にこやかに記念撮影をしたのち、狐につままれた気分のままエレベーターに乗った。そう言えば、ロビーでチェックインをまだ済ませていないではないかと気がついたが、「別に大丈夫」とそのまま部屋に連れていかれた。

案内された部屋は、スイートだった。部屋が全部で四つあった。トイレも二つあった。テーブルの上の皿には、バナナとリンゴとミカンが置いてあった。その横にならぶナフキンに包まれたナイフとフォークが、上品なのか滑稽《こっけい》なのかわからぬ輝きを放っていた。ドアに非常口を示すフロアの地図が貼ってあったので場所を確かめると、私の部屋は隣に続く三部屋分と同じ面積だった。女性スタッフが持ってきた書類にサインして、代わりに朝食チケットを渡された。これでチェックインは終わりである。ポーターがどこからともなく現れ、荷物を置いていった。笑顔とともに彼らが立ち去り、ぽつんと広大なスイートにひとり残され、

「ほんまかいな」

とつぶやいた。

スイートで優雅にくつろいでいる暇はなく、さっそく最初の仕事が待っていた。私は身支《みじ》度《たく》をすませ、一階に下りた。ロビーで台湾の出版社の女性たちと合流し、

「わざわざスイートをとってくれたのですか」

と訊ねると、

「ちがう」

と彼女たちは一様に首を振った。彼女たちは日本語を巧みに操る。英語も操る。韓国語とスペイン語も勉強しているという。とにかく、たいへんな才女軍団である。

「きっと万城目さんだから、替えてくれたんです」

「それはないでしょうよ」

とすぐさま反論するも、

「たぶん万城目さんの本は読んでいないけど、ここのマネージャーは有名人が好きだから」と何ともストレートな解釈が返ってきた。

ううむ、と納得できぬ気持ちのままホテルを出て出版社に向かう。

そこで、いきなりの記者会見である。

出版社の本を壁一面の書架にディスプレイし、私の背後には巨大な『偉大的咻啦啦砰』のパネルを掲げたイベントスペースにて、二十人ほどの記者の方と質疑応答をした。相手はやはり、ここでも全員女性である。

生まれてはじめて日本人ではない人たちから、普段自分が何を考えているのか、という質問を受けた。それは不思議極まりない感覚だった。そんなの本当に知りたいのか、と相手の興味を訝《いぶか》しく思う気持ちを抱えつつ、私は極力、真面目に、真摯に答えようとした。

しかし、質問が難しかった。

「台湾の印象はどうですか」

まだ到着して間もない。印象も何もない。「本当に仕事があるのかと疑っていたが、こうして会見が始まって驚いている」とか正直に答えていたらアホである。ホテルのロビーで大きな花束をもらった、部屋がスイートでびっくらこいた、というのも自慢くさくてよろしくない。映画のプロモーションなどで来日したハリウッド・スターなら、こういうとき、みんながよろこぶ褒め言葉をさらりと口にするのだろうなあ、と自分の未熟を責めながら、もごもごと答えていると、さっさと質問が次に移ってしまった。

「どうして、しゅらぼんというタイトルなのですか」

「えっと……」

私は素早く考えをまとめようとする。ところが、まとめるほどの量の考えがない。

「なんか、響きがおもしろかったからです」

「いつも、そんなことを考えているのですか」

「いえ、別に考えてないです。このときだけ、何となくぽんと浮かんで」

「他にも同じような、おもしろい言葉のストックがあるのですか？」

「いえ、別にほかにはないです」

私は何を答えているのか、と思った。まるでふざけているように聞こえやしないか、と冷や冷やした。

いったい、台湾の読者に自分の作品がどういう位置づけで読まれているのかがわからない。こういう、どうしようもない回答が許される類《たぐい》の本として、正確に認識されているのかどうかが不明である。どこまで自分のあいまいな感覚を主張していいものなのか。さして深い理由などなく、何となく感じたことをそのまま書いているだけ、という答えは、木で鼻をくくったような、いけ好かない感触となって相手に届いていやしないか、と心配しながら、私は向けられた質問から相手が自分の作品のどのへんを評価し、どのへんに焦点を合わせようとしているのかを探る。何度かやりとりを続けるうちにぼんやりとわかってきたのは、私たちが海外作品を読むときに抱く、異国への憧憬《しょうけい》、自国とはまったく違う文化に出会う楽しさ、逆に同じところを発見したときの驚き、たとえばロンドンやパリといった誰もが知る大都市ではない、地方を舞台にした物語に感じる、より濃度の高い異国の質感に触れるよろこび――、といったものを、どうも台湾のみなさんは京都や奈良や大阪の物語を読んで味わっているらしい、ということだった。

「どうして、関西ばかりを舞台に書くのか?」

「どうして、歴史をからめるのか?」

「どうして、不完全な(未熟な)人物ばかりが主人公なのか?」

「あなたの作品は常に終盤で対決の場面が出てくる。それはなぜなのか?」

「鹿せんべいを食べたことはあるのか?」

これまで何度も訊かれたものもあれば、考えたこともなかった質問もあり、それらを矢継ぎ早に投げかけられる。

東日本大震災の話が出たとき、私はこのタイミングで言っておかないとと、台湾から送られてきた多くの義援金についてお礼を伝えた。一日前、台湾に行ってくると実家に電話したところ、母親から「台湾の人にお礼を言ってくるように」と真っ先に告げられたことも、ついでに話しておいた。

会見は二時間続いた。質疑応答のあと、当たり前のように記者の方が持つ本へのサイン会になったのが、何とも不思議だった。

翌日、会見の内容がさっそく新聞やＷＥＢサイトに記事として上がっていた。

「へえ〜、すごい」

と感歎《かんたん》の声を上げつつ、それらを眺めたとき、ある新聞の記事の見出しに視線が釘づけになった。

あれだけ私ががんばってしゃべったのに、何ゆえ別の人間が主役なのだ、と私は大いに憤慨した。

「媽媽有交代　萬城目學謝謝台灣」

母に代わって、万城目学が台湾に感謝――。

ちがうやろ。

いや、合ってはいるけど、ちがうやろ。

DAY2

インタビューから一日が始まった。

台湾人には、英語名というものがある。

いただいた名刺には三文字の漢字名が記されていて、何て読むのかなと考えていると、笑顔で「エミリーと呼んでください」などと言われるので、こちらは面食らう。え、そう読むの？　と改めて名刺をのぞくが、その漢字からはまったく「エミリー」の気配を感じ取ることができない。

よくよく話を聞くに、台湾人には本名とは別に、英語のニックネームというものがあるそうだ。それは本人が好きでつけるもので、ニックネームの有無もまた、本人が好きで選ぶ。もともとは香港で、中国語をうまく発音できぬ外国人のために、便宜上、英語名を名乗るというところから始まったようだが、今や海を越え、中国語文化圏で広く見られる習慣になった。

インタビューの席につき、インタビュアーの女性から名刺をいただく。やはり、漢字で三文字記されている。何て読むのかなあ、と眺めていると、

「なるみと呼んでください」

といきなり日本語で話しかけられた。

「はい？」

びっくりして顔を上げた。

とてもきれいな発音だった。日本人と言われてもわからないかもしれないほどだった。しかし、名刺の名前はどう見ても中国のそれである。

混乱する私の顔を見て、「なるみ」さんはにっこりほほえんだ。

「なるみはニックネームです。木村拓哉さんの『あすなろ白書』、知っていますか？　私は高校生のときにそれを観て、大好きになって。なるみってヒロインの名前なんです。そのドラマを観て、将来、日本語を勉強しようと決めました」

おおう、と私は感歎の声を上げた。

今となっては想像だにできぬ、キムタクが主役ではなく、男性役者の二番手だった『あすなろ白書』。しかし、ヒロインは誰であったか。

「石田ひかりさんです」

間髪を入れず、なるみさんが教えてくれた。

ははあ、と何やら大きなときの流れを実感しつつ、主題歌だったはずとZIGGYの「GLORIA」を歌ってみたら、思いきり怪訝《けげん》な顔で返された。あれ、ちがいましたか、と中断すると、申し訳なさそうに、藤井フミヤの「TRUE LOVE」だと訂正されたのち、インタビューが始まった。

一時間にわたり、次々と質問をぶつけられたなかで、

「これからも大学生の話を書きますか？」

というものがあった。

これには思うところがそれなりにあったので、私も口数を費やして回答した。私にはぼんやりとした持論がある。それは大学生に限らず、若者を主人公にした話は、いつまでも書けるものではない、書けたとしてもどんどん難しくなっていく――、というものだ。

会話は時代に従って、少しずつ変化していく。いつか自分が若者の文化とは、まったくかすりもしない世代になったとき、私はとてもじゃないが自然な若者の会話文を上手に書ける気がしない。今でも、年配の作家が書いた作品のなかに、実態とかけ離れた若者の会話文を発見したときは、何ともたまらん気持ちになる。どんな人間も、いつかは老いる。若者の時代を卒業する。それは同時に、とても大切な感性との決別を意味する。誰もが避けては通れない道なのだが、作者本人はその別離に気づかず、冷静な読者がとうにその事実に気がついてしまっている――、そんな残酷な瞬間が本のなかでは起こり得る。

という話を、大学生の件から派生して、べらべらとしゃべってみたのだが、なるみさんはじめ、その場にいた台湾のみなさんの反応はすこぶる悪かった。

あれ？　と少々焦りながら、

「みなさんも、むかしの作品を読んだとき、会話文を古いなあって感じることはないですか？」

と逆に質問をぶつけてみると、全員が怪訝な顔をした。どうも、まったく実感としてつかめない様子である。しばしの間、台湾人だけによる早口のミニ会議が行われたが、やはり結論は同じだったようで、

「そういうの、ないですねえ」

と申し訳なさそうに、なるみさんが日本語で伝えてくれた。

そのとき、私はハタと気がついた。

それは日本語と中国語の決定的な違いについてである。

ここで、いきなりみなさんにクイズである。

私の小説の単行本と、台湾版の単行本をともに並べてみる。すると、すべての作品に共通する見た目の違いがあることに気づく。

それは、本の厚さだ。

押しなべて台湾版のほうが薄い。内容の加筆をしない限り、日本語の作品を中国語に翻訳したとき、必ずそのボリュームは少なくなるのである。

それはなぜか？

決して内容をカットしているわけではないのに、どうしても中国語の単行本のほうが厚さが薄くなる。なぜなのか？　理由は、「日本語の語尾のバリエーションは中国語に変換できない」からだ。たとえば、

「むっちゃおいしいでんがな！」

と日本語で十二文字費やし叫んだものが、

「很好吃！」

と中国語では三文字で表現できてしまう。

これは極端な例だろうが、基本的に中国語は漢字のみで動詞を簡潔に表現するために、日本語に比べ一文が短くて済む。私の実感では一、二割は文章が短く表現されている。さらには敬語などの、ややこしい変化もないため、会話文ではさらなる短縮が可能である。

日本語で女性が、

「食べたいわ」

「食べたいよう」

「食べとうございます」

「食べたいんだけど」

などの、様々なパターンで食欲をアピールしても、中国語では「想吃」の二文字で収まってしまう。

もしも、この「想吃」という表現が、はるか唐のむかしから変わらず使われていた文字だったとしよう。その場合、もはやそこに時代ごとの違いを見出すことは不可能である。すなわち、私が台湾のみなさんに訴えたかった時代による言葉の変化、そこに宿る同時代感は、日本語から中国語への翻訳の過程で消えてしまう部分に籠《こ》められているのではないか——、と思い当たったのである。先ほどの、「むっちゃおいしいでんがな」にしても、「むっちゃおいしい」はまだしも中国語のなかに息づいているが、「でんがな」の暑苦しいニュアンスは完全に翻訳の過程で消滅してしまう。残念ながら「でんがな」は海を越えられず、大阪湾に沈んだわけだ。

ふうむ、と唸《うな》って、私は文化の違いをしみじみと噛みしめた。同時に、少しだけうらやましいと感じた。中国語の世界では、どれほど会話に対するセンスが古くなろうとも、それが文章に反映されないからバレない。それって、作家に圧倒的にやさしい言語ということになるじゃないか。

もっとも、この逆のパターンもあるだろう。

日本語にその仕組み、考え方がそもそもないゆえに、日本人には理解できないもの、たとえば男女の性別が分かれた名詞——、その微妙なニュアンスの使い分けについて悩んでいるフランス人の作家がいたとして、「日本の作家はいいよなあ、あいつらが使う名詞って男女いっしょなんだぜ」と密《ひそ》かなる憧憬を抱いていても、私は死ぬまでそれには気づくまい。

しかし、なかにはこうして直面する憧憬もある。

「なるみ」さんである。

彼女はほとんどの台湾人がチョイスする英語名ではなく、日本名をニックネームにした。確かに台湾では、英語が公用語である香港やシンガポールほど英語名の実用性が発揮されることはないだろうから、どの国の名前を選んでもニックネームとして通用し得るだろう。だが、わざわざ日本名をチョイスしたことに、私などは「それでいいのですか」と逆に心配な気持ちになってしまう。それだけ日本によいイメージを持ってくれていることに、うれしさよりも先に戸惑いを感じてしまう。「なるみ」と言われ、関西で活躍するタレント、元トゥナイトなるみを真っ先に思い浮かべたなんて口が裂けても言えない。

今回の台湾滞在中、私はもうひとり、日本名をニックネームにしている女性に出会った。やはり、日本語が達者で、日本が好きという方だった。台湾の街を歩いていると、様々な看板に「の」がつけられているのをよく目にした。英語で言うところの「of」の使い方で、いきなり漢字列の間にひらがな「の」が登場する。日本でアルファベット表記が何となくかっこよく感じられるのと同様に、こちらでは日本語の「の」が何となくかっこいいのである。台湾における日本の文化に対するよきイメージというのは、日本人の想像をはるかに超える。

言うまでもなく、それは一朝一夕で築けるものではない。日本で生まれた数多くのドラマや映画、歌や雑誌、書籍が海を越え、台湾の人々の心に届き、それが何年もかけて結晶化したものだ。この想いは大事にしなくてはならない。私もまた、鍾乳洞《しょうにゅうどう》にうずだかくそびえるに至った石筍《せきじゅん》に、薄い一滴を加える者なのだ——、そんな思いを胸に、インタビューを終え、台中に向かった。

一回目のサイン会を行うためである。

台中へは、台湾の新幹線である台湾高速鉄道に乗る。所要時間は五十分。日本から車両を輸入しているため、前方座席にはめこんだ机の裏面に描かれた車両案内や、自動ドア上部に流れる一行ニュース、トイレの配置等々がすべて見慣れた「のぞみ」そのもので、何だか妙な気分になってくる。違っていたのは、男性用立小便トイレが、日本の新幹線では個室ドアに鍵がないのに対し、台湾では鍵をかける仕様になっていたことくらいか。

台中サイン会の定員は百名である。

日本のサイン会でも、一度に百名を超える人数で開催したことはない。強気にもほどがあるじゃろう、と思いつつ、台中到着ののち会場の書店に向かう。

ところがどっこい――、人がいた。

本当に百人くらいいた。

あまり広くはないイベントスペースにきちきちになりながら、全員がスマートフォンをこちらに向け、カメラモードをスタンバイさせていた。何とも言えぬ熱気に気圧《けお》されそうになりながら、自己紹介すると拍手が湧き起こった。みなさん、静かに興奮していた。誰もが笑顔だった。七割くらいが女性で、十代から三十代がほとんどだったと思う。

そのまま、サイン会に入ると思いきや、何の事前の説明もなく、いきなりトークタイムが始まった。どうやら、これが台湾式のサイン会というやつらしい。マイクを片手に、みなさんの真ん前で、いっしょに新幹線に乗ってやってきた出版社の女性と即席のやりとりをかわす。場があったまったところで、今度はお客さんとの質疑応答タイムに入る。

日本のサイン会では、作家が登場すると、

「これから、サイン会を始めます」

と書店の方がおもむろに宣言し、あとはひたすら粛々《しゅくしゅく》とサインを行うのが常なのだが、この台湾式を経験してみて、ああ、日本もこれを採り入れたらよいのにと思った。せっかくこれだけ集まったのである。少しくらい楽しんで帰ってくれたほうが、こちらも「わざわざ来てもらって何かすいません」感が薄まってよい。何しろ、サイン会は待つ。百人だと、最後の人は二時間近く待ってやっと順番が回ってくる。しかし、サインそのものは三十秒そこらで終わってしまう。言葉もせいぜいひと言、ふた言交わす程度で実に味気ない。いよいよ、申し訳なさは募《つの》る。ゆえに開始前に、作家が参加者に向けしゃべる機会を設けることは、とても有意義なやり方だと思ったのだ。

質疑応答タイムに入っても、台湾のみなさんはとても積極的に質問してくれた。緊張もあったのだろう、情けないことに、私自身が質問の内容をまるで覚えていないのだが、

「ポッキーが好きですか？」

「森見登美彦さんと仲がよいですか？」

の二つは印象的だったので覚えている。台湾では、ポッキーはそのまま「Pocky」の名で売られ、書店には日本の作家の作品がわんさと並び、もちろん森見さんはこちらでも人気者なのだ。

「もちろん、ポッキーは大好きです。ポッキーを作品に登場させたら、ポッキーを作っている会社から、日本で売っているすべての種類のポッキーが入っているスペシャルボックスを頂戴《ちょうだい》しました」

と自慢ネタも交え披露《ひろう》すると、わあっと歓声が上がった。質問してくれた男性がいきなり

前に走ってきて、ポッキーを差し出した。ありがたくいただき、固く握手した。

「森見さんとはそうですねえ……、仲がいいか悪いかと言ったら、うん、悪いですね」

ともに三十を超えたいいおっさんである。仲がいいとか今さら口にするのも気味が悪く、おもしろおかしく言ってみたつもりが、真面目に通訳されてしまったか、場の雰囲気が急にシュンとしてしまったのは、今でもちょっとマズかったかなと思っている。

トークタイムが終わるとすぐさまサイン会のスタートである。私はひたすらひょうたんの絵を描き、その中に自分の名前を書いた。台湾の繁体字《はんたいじ》表記では、私の名前は「萬城目學」になるが、やはり、この難しいほうで書いたほうがいいのですかねえ、と出版社の方に訊ねると、

「いいえ、日本の書き方でいいです。そっちのほうが逆に、みんなよろこびます」

と返ってきた。ここでも、知らぬうちに築かれた日本のよきイメージに従い、私は自分の名前を何のひねりもない楷書体《かいしょたい》で書き続けた。

サイン会は書店で『偉大なる、しゅららぼん』を買った人が対象だが、あと一冊、どこの書店で買った本であろうと、私の作品にサインをする、ということが告知されていた。ゆえに、『ホルモー六景』（『鴨川ホルモー』の続編。六つの短編を収録）をおずおずと差し出してくれた男性に、私は徐々に余裕ができたこともあって質問を投げかけてみた。

「中に入っている六つの話のうち、どれがいちばん好きですか？」

男性は困ったような笑みを浮かべ、う〜んとしばらく悩んでいたが、おもむろに答えた。

「私は『ホルモー六景』より、『鴨川ホルモー』のほうがおもしろかったですね」

「なるほど、ありがとう！」

私は笑顔でうなずき、ひょうたんを描いてサインした。

DAY3

いよいよ、今回の訪台のメインイベント、台北でのサイン会である。

会場は台北のシンボル「台北１０１」を間近に見上げる、市内でもっとも大きな書店だ。台中でのサイン会がどこかアットホームな雰囲気ある会場で行われたのに対し、台北は客席の正面にステージが設けられ、背景に作品の大きなパネルが掲げられ、会場全体に、これからイベントをかましまっせ！　という意欲が充《み》ち満ちていた。当日配られる整理券を求め、書店のオープン前から人が並んでいたとか、遠く香港からわざわざ参加している人がいるとか、またまた「ほんまかいな」の前情報が目白押しだったのだが、会場入りして、実際にイベントスペースにひしめく大勢の人たちを見ると、あながちウソではないのかもと思えてきた。

おもしろかったのが、サイン会開始を待って書店のあちこちに座りこみ、時間を潰《つぶ》している人の前を堂々と通りバックヤードに向かうのに、誰ひとり私に気づかないことである。膝の上に『偉大的咻啦啦砰』を置いて座っている男性と思いきり目が合っても、かけらの興味を示されることなく視線を外されてしまう。そりゃ知らんわな、と思うのだが、知らないのにこの場に来てくれているというところが、逆に作品への愛着を何より雄弁に語ってくれていてうれしい。

台中サイン会では、同行の台湾出版社の女性がいきなりマイクをつかんで司会を務めたが、今回はちゃんとプロの司会の女性がスタンバイしていた。司会の方が先に登壇し、場をあたためるので、「しゅららぼんコール」が聞こえたら、それに合わせて登場してください、と手はずを伝えられる。何だよ、「しゅららぼんコール」って、と思ったが、今のうちにトイレを済ませておくよう促され、質問する間もなくトイレに向かう。ちょうどイベントスペースの裏を通ったとき、司会の方が先導し、

「はいッ、三、二、一――」

「しゅ、ら、ら、ぼ～ん」

「声が小さいッ」

「しゅ、ら、ら、ぼ～ん」

「まだまだあッ」

「しゅ、ら、ら、ぼ〜ん」

と会場を煽《あお》って反復練習しているのが聞こえてきて、あまりにシュールなやり取りに危うく尿意が消えかけた。

さて、準備は整った。

ついたての裏にスタンバイし、例のコールが鳴り響くのを待つ。

「しゅ、ら、ら、ぼ〜ん」

練習していたときとほとんど変わらぬ、それなりに声は大きいが、まったく揃っていない、かつ、どこか物憂げに響くコールに合わせ、私は会場に飛び出した。

ここでようやく、冒頭部分のシーンにつながるわけだが、いくら一日前に同じサイン会を体験しているとはいえ、やはり異国の地で二百人を前にして、平静ではいられない。

中国語でのあいさつを済ませ、恒例のトークセッションが始まるも、火照《ほて》った頭はなかなかクールに戻らない。しょっぱなから、小学六年生の少年が、

「関西を舞台にした作品が多いなかで、『かのこちゃんとマドレーヌ夫人』だけが、他と全然作風がちがうのはどうしてなのか？」

という、「キミ、本当に小六かよ」と言いたくなる質問をぶつけてきて、いたく動揺する。

もちろん自分で書いたことなので、時間をかけたら説明はできるのだが、そんな悠長《ゆうちょう》な回答は少年だって求めていまい。かといって、ときにはちがうものを

「人間、同じことを続けているとモチベーションが保てないから、ときにはちがうものを挟挟んで気分転換をし、さらなる高みを目指したいと願うものなのです」

と十二歳の少年に大人の仕事術を語っても、何のこっちゃわからないだろうから、

「ずっと掛け算のドリルばっかりやっていたら、飽きてきて、ときには割り算の問題もやりたくなるでしょ？　そういう気持ちの変化です」

とあえて目線を下げて回答してみたら、まったく腑に落ちない顔で返されドギマギした。

司会の女性が笑いながら、

「ちょっと小六には難しい説明だったかな～？」

とフォローするのを聞き、私は完全にたとえ話が滑ったことを了解する。

台湾滞在中、私はあまたの質問を受けたが、はたしてどれだけ相手が納得できる回答を返すことができたのだろう。今となって思い返しても、まったくといっていいほど確たる手応えを得た記憶がない。

「もしも今、小説家を辞めたら何になりたいですか？」

という質問に至っては、

「寿司職人」

という、これまでの人生のなかで、一秒たりとも考えたことのない選択肢を突如として口にしてしまい自分でも驚いた。

もっとも、おおむね頓珍漢《とんちんかん》な私の回答を、台湾の人々はあたたかく笑って受け止めてくれた。台中と同じく、台北サイン会の参加者は十代から三十代がほとんどだったが、男女比はほぼ同じだった。とても興味深かったのは、今回の台湾での二度にわたるサイン会と、普段日本で行うサイン会——、両者における参加者の雰囲気が極めて似通っていた点だ。

まず、何と言ってもメガネ率が高い。

実に七割を超えていたと思われる。

あと、非常に思慮深く、内向的な雰囲気を、その面差《おもざ》しから感じ取れる人が多かった。

もっとも人間の生活のなかで、読書ほど内向の極みにある行為もないので、読書好きの特徴そのままと言われたらそれまでなのだが、何というのだろう、ほんの少し視線が合っただけで感じ取れる、「本当はたくさんしゃべりたいことがあるのだけれど、しゃべることができない」という、照れともどかしさがない交ぜになった豊かそうな光が、眼の奥でキラキラ、むずむずしている人が日本でのサイン会と同じく、たくさんいたような気がしたのだ。

私がサインする間に、はにかみながらパイナップルケーキの詰め合わせを差し出してくれる男性がいた。本当に「香港から来ました」と緊張に震えながら教えてくれた女性がいた。一回でサインは二冊までと決まっていたので、律儀に三回列に並び、これまで台湾で出ている万城目作品すべてにサインをもらって帰っていった女性がいた。自分も台湾で小説を書いている、と自著をプレゼントしてくれた男性がいた。私のエッセイの翻訳を大学の卒論にしました、と冊子にした論文を見せてくれた女性がいた。身長といい、顔つきといい、どう見ても中学生くらいの幼さなので、「中学生ですか?」と訊ねたら、「大学四年生です」と泣き笑いで答えてくれた女性がいた。ちなみに、この過ちを、私は三時間のなかで三回繰り返した。忘れた頃に、中学生としか思えない女性がやってくる。その都度、「中学生ですか?」と口にしたら、決まって「大学四年生です」と返ってきた。四度目、明らかに中学生と思われる女性に、「大学四年生ですか?」と訊ねてみたら、「そうです」と驚かれた。

全員にサインを終えたとき、開始からおよそ三時間が経っていた。スタッフの方から、定員二百人に途中参加の五十人が来場したと教えられた。ひとり二冊のサインゆえ、ざっと五百冊にひょうたんの絵を描き、名前を書いたことになる。

私は大きく伸びをした。

心地よい疲労感と達成感に加え、ああ、これで終わっちゃうのかという、祭りの幕が閉じることへの、ちょっとさびしい気持ちとともに、手にした太マジックにキャップを戻した。

＊

不思議な国での、不思議な滞在は終わった。

それはまるでジェットコースターに乗っているかのような毎日だった。

朝からいくつもインタビューを受け、サイン会で大勢の人に出会う。読者懇親会というのも開催された。夕食後はきっちり夜市に繰り出して遊び、遅くにホテルに戻って寝不足のまま、翌日はまたインタビューの仕事からスタートだ。あまりにぎっしりと内容が詰まっていたために、昨日こなした仕事を思い出せない。日本に戻ってからも脳内から妙なホルモンでも出続けていたのか、いっこうに気持ちが鎮まらず、出発前の状態に落ち着いて執筆の仕事を再開するまで四日もかかった。

もしも、こんな生活が十年、二十年と続き、その後、ぱたりと売れなくなってしまったら、とてもじゃないが簡単に元には戻れないだろう――、と薬物に頼って悲劇を招いてしまう往年のスターの心理がほんの少しわかった気になりながら、私は本来あるべき、彩り薄き、身の丈に合った日々に戻る。やはり、私にはこっちの根暗な執筆生活のほうがお似合いである。

台湾でしこたま撮った写真を現像したら、ぶ厚いアルバムが一冊埋まった。

どれも楽しい思い出ばかりが写っている。

小説を書いていても、楽しいことなんてほとんどないし、そもそもがそういうものだと思っていたが、たまにこんなすばらしいご褒美《ほうび》をいただけることがある。てんで出鱈目《でたらめ》を書いただけの物語が、ふわりと海を越え、これほど大勢の人をよろこばせることができるのなら、ちょっとしんどいくらい別に構わないではないか、と思えてくる。

だって、アルバムに写っている台湾のみなさんはどれも、こちらがくすぐったくなるくらいの笑顔だから。

ギリシャ慕情

ついに、ギリシャについて書くときが来た。
最近は低調な経済事情や、公務員問題、EUから離脱するしないなど、到底明るいとは言えぬ話題ばかりを耳にするギリシャなれど、私が心に秘める「もう一度、行きたいあの国第一位」に常に君臨するのは、明るい太陽に照らされたエーゲ海の島々を従えるギリシャである。

とはいえ、私があたため続けているギリシャの記憶は古い。何しろ、私がかの地を訪問したのは、はるかむかし、ギリシャがまだEUに加盟する前、独自通貨ΔPXを使っていた頃だ。ちなみに、ΔPXで「ドラクマ」と呼ぶ。先日、ギリシャが現在使用している「ユーロ」を放棄し、「ドラクマ」を復活させるかもしれぬ、などというニュースを聞いたとき、よくよく考えると、「ユーロ」が流通するギリシャを知らないことに気がついた。それくらい、私が訪れたギリシャは昔日《せきじつ》のものだということだ。ゆえに、これから書くギリシャに関する話は、どれもこれも時代遅れのものなのかもしれぬ。しかし、大して変わっていないだろうな、と一方で不思議と確信を持つところもある。何しろ、神話の時代の建物が平気な顔をして残っている国だ。そうは簡単には変わるまい。

大学生の頃、私がギリシャを訪れたそもそもの目的は、遺跡を見学することだった。パルテノン神殿に、ミケーネ遺跡、スパルタ遺跡といった古代ギリシャの叡智《えいち》に触れる旅をおもに計画していて、エーゲ海にはほとんど興味を持っていなかった。所詮はさびしきひとり旅である。ロクに泳げもしないのに、ひとりでビーチに行ってどうするか、という思いがあった。

しかし、ギリシャに到着早々、その計画が根本から覆《くつがえ》る。

「島に行け」

アテネの宿屋でたまさか出会った、やたら男前な日本人に、そう命じられたのだ。

いくつもの島を回り、今日船で帰ってきたばかりだという男前氏に、私は大いに力説された。遺跡なんてものは、死ぬまでに何度でも見るチャンスはある。だが、島の季節はじき終わる。行くなら今しかない。「島の季節とは何か」と訊ねると、「太陽だ」と彼は即答した。もう少しで毎日快晴が続く夏が終わり、重い雲が垂れこめる暗い季節が来る。バカンスで来ていたヨーロッパの連中もどんどん帰っているから、今なら宿も安い。だまされたと思って行ってこい——。

かくして、私はだまされたと思って、船のチケットを買った。ピレウス港からフェリーに乗り、エーゲ海へと繰り出したのである。

それから訪れた島は、ナクソス、デロス、ミコノス、イオス、アモルゴス、サントリーニ、クレタと多岐にわたる。港から港へ、船で渡っては、島で二日、三日と逗留《とうりゅう》する。もちろん、宿は決めない。そもそも、島の名前以外、何も知らない。どの島に行くかは、地図を見て、島の形が心地よさげなもの、島名の語感がよいものなど、どこまでも適当に選択した。

宿は港にわんさと待ち構えているおやじに、とにかく希望宿泊価格を告げる。合意を得たら、こっちだ、と腕を引っ張られる。そのまま、ときには車に乗せられ、ときにはバイクに乗せられ、ときには歩いて宿に向かう。バカンスという目的に特化した宿しかないため、安宿でも実に清潔かつ広々とした造りで、ベッドが二つ、ベランダからはビーチを少し遠目に望み、お湯も出るシャワーつきでだいたい一泊二千円から三千円くらいという、九月半ばを過ぎた島の宿相場は、完全にシーズンオフのディスカウント価格に突入していた。

アテネを出航し、最初に訪れたのはナクソス島だった。

とにかく島へ向かえ、行けばわかる、そう命じたかの男前氏の言葉の意味は、早くも航海途中から明らかになった。

海が青い。

日本で見る青と何かがちがう。何がちがうのか、よくわからないが、とにかく青の深さがとめどないのだ。

常に外気に触れていないと船酔いしてしまう体質ゆえ、航海中は甲板《かんぱん》でいつも海と空を眺めてばかりいたが、まったく退屈しなかった。ただ、海を見て、その青を味わっていれば、時間は過ぎた。やがて遠くに点のように見えていた島が徐々に近づき、丘にへばりつくように白い建物が連なるのが見え、左右から港が船を包みこむ。

ナクソスに到着した翌朝、宿を出た私はさっそくある場所へと向かった。実はアテネにて、男前氏からひとつのアドバイスを授かっていた。エーゲ海がどれほど素敵な場所であれ、さほどビーチで泳ぎたくないのです、という私の率直な意見に対し、泳ぐだけが島の楽しみ方じゃない、と男前氏はにやりと笑い、ある情報を伝えてくれた。

島をレンタバイクで回れ。

そもそも、男前氏はむかしバイクのレーサーだったそうで、バイクが借りられると知って乗ってみたら、たいそう楽しかったらしい。確かに港から宿に向かう間に、イカしたバイクを何台も並べたレンタバイク屋らしき店がある。私はそこを訪れ、店のおやじに、バイクを貸してくれと頼んだ。免許証はあるかと訊かれ、日本に置いてきたと答えると、じゃあパスポートを預かると言われ、それだけで借りることができた。

店の前にずらりと並べられた四百ｃｃのバイクに乗るか、と誘われたが、「いや、カブでよい」と返すと、「じゃあ、これに乗れ」と店の脇に案内され、朝日新聞の宅配カブを引き渡された。

たとえではなく、これが本当に朝日新聞だった。何せ、車体に朝日新聞ナントカ営業所という漢字ステッカーが堂々貼られているのだから間違いない。ギリシャでの滞在中、島を訪れるたびにレンタバイク屋にてカブを借りたが、出てくるのは必ず日本の中古バイクだった。新聞配達のほかにも、うどん屋、そば屋、さまざまな生活の痕跡《こんせき》が残ったカブに乗った。計器はすべて破損していた。ガソリンの残量もわからないので、帰りはいつも冷や冷やしながらの運転だったが、一日八百円程度という破格の値段なら致し方あるまい。

バイクを借り、売店で島の地図を買う。地図といっても、子ども向けの本に宝の地図として出てきそうなほど、簡明なものである。

あとは島の離れた場所にぽつんと存在する遺跡か、ビーチを目指し、カブで出発だ。

島の地形は、丘の連続である。

緑はとても少ない。

乾燥した地肌に、オリーブが植えられている。ときどき、絵はがきに出てきそうなドーム型の青い屋根と白い壁の教会が、空を背景に稜線《りようせん》にぽつんと建っている。山羊《やぎ》がのんびり移動している。首につけた鈴が、からんからんと鳴り渡る。

丘を囲むようにぐるりと設けられた海沿いの外周道路を、朝日新聞の宅配カブは軽快に走っていく。

少し冷たい風を受けつつ、私は目の前に展開されるエーゲ海の眺めに圧倒された。

いまだにあの海の青さを、私は言葉で表現することができない。大学生のときもできなかった。こうして作家になっても結局無理だった。青、群青《ぐんじょう》、緑、深緑、藍——、そのあたりのあらゆる色が混ざり合い、ときに帯をつくり、光っていた。要は東アジアに存在しない色だった。ないものに対し、日本語も漢字も生まれるはずがない。

カブを走らせながら、何とももどかしくなってくる。日本にいる人々に、こんな色が世の中にあるのだと教えられないことに対する、たいへん押しつけがましいもどかしさである。全日本人の視神経をジャックして、五秒でいいから自分が見ているものを網膜《もうまく》に映してやりたいよ、と本気で考えながら走った。今でも忘れられぬ、私がギリシャに抱く憧れのすべては、あの「エーゲ海の青」だ。

特にカブでの島巡りなら、アモルゴス島での出来事が忘れられない。

映画『グラン・ブルー』の冒頭シーンのロケ地としても有名なこの島だが、とにかく周囲からのアクセスが悪い。ミコノスやサントリーニといった有名な島は、寄港する船の便数も多いし、町もきれいである。壁をこれでもかというくらい白く塗り、屋根も真っ青に染め、実に写真映えする町並みに粧《よそお》っている。一方、他の島はそこまで建物のペンキを丹念には塗り直さない。より自然である分、人は少なく、海は美しくなる。

そうそう、自然のことばかり語り、人のことを語らぬのもバランスが悪いゆえ、ギリシャ人についても少し言及しておこう。

あんなに怒りっぽい国民はほかにいない——。ギリシャ人に対する、私の率直なイメージである。正確には、怒りが異様に持続する国民と言うべきだろうか。特に女性が怒っていた。実際にしょっちゅう、彼女たちが口げんかしている風景を見かけた。宿屋を出て昼飯でも行くかと歩いていると、近所のおばちゃんが、誰ぞの家の前で、二階の窓から顔を出しているもうひとりのおばちゃんと激しく口げんかしている。ランチを平らげ宿に戻っても、まだふたりとも同じ姿勢でけんかしている。

アテネの大きな交差点で信号待ちしていたら、ぼろぼろの車が目の前で急にエンストを起こし止まった。運転席にはおばあちゃんがひとりで乗っていた。おばあちゃんは目を吊り上げて車を罵った。おばあちゃんがハンドルを思いきり叩いた。すると、いきなりエンジンが復活し、車が動き出した。映画のなかだけのお約束かと思いきや、本当に起こり得ることなのだ。

非常に乱暴な例示だが、これでギリシャ人について少し語ったことにして、話を戻す。

いくつもの島にこまめに寄港しながら、時間をかけてようやく到着したアモルゴスは実に無愛想な島だった。

あまりに閑散とした漁港の眺めに、「ああ、外れクジ引いてもうた」とがっかり来た。されど、ここでもカブを借り、地図を買い、探索に向かった。

港からひたすらジグザグに連なる上り道を走った。海は見えない。町は見えない。何だよ、ここ、とぶつぶつ言っていたら、丘を上りきったようで、急に前方の視界が開けた。

目の前がすべて青だった。

下のほうには白みがかった雲が見える。

しかし、すぐに何かがおかしいと気がついた。

私が港からカブを走らせたのは、三十分そこらだ。いくらずっと上り道だったとはいえ、雲よりも高いところに出るはずがない。私はよくよく目を凝らした。それは雲ではなかった。海面に漂う潮の流れだった。空と海との境界が溶け合い、全部がひとつの青になっていたため、海が視界に入っていることに気づかなかったのである。

ほんの数秒の錯覚だったが、まるで雲の上をふわふわとカブで走っているような気分だった。

それだけアモルゴスの青は格別だった。

岸壁にたどり着くと、ラムネ瓶に入っているビー玉のような色の波が崖の下に寄せていた。これもまた正しい言葉を見つけられない色だった。泳ぐのは好きではないのに、誰もいないビーチを見つけて潜《もぐ》った。まるで水の部屋のように、遠くまで見渡すことができた。

砂浜に上がり、日本から持ってきた本を読んだ。腹が減ったら荷物を畳み、道の途中の食堂でランチを取る。スブラキという豚の串料理を食べていると、スクーターに二人乗りした、観光客の老夫婦が店の前を通っていった。短パン姿のおじいさんが、後ろにおばあさんを乗せて、のんびり安全運転で走っていく。ふたりともグラサンである。おばあさんのパーマをかけた銀髪が、くるくる風に靡《なび》いている。その眺めに、いつか己がじいさんになった頃、ばあさんを連れて、こんな辺鄙《へんぴ》極まりない島に来ることができたらすばらしいなあ、と感慨に耽りながら、私は歯ごたえのある豚肉を金串から引きちぎり、文庫本の続きを読んだ。

ギリシャに持参した一冊は、なぜか中原中也の詩集だった。

帰り道、読んだばかりの「盲目の秋」という一編の出だしが頭から離れなかった。

　　風が立ち、浪が騒ぎ、

無限の前に腕を振る。

そのとき、私はエーゲ海の青を前に、本当に無限に向かって腕を振っているように感じたのだ。

どれもこれも、今となっては古い記憶である。

されど、来年の夏も、変わらずあの青がエーゲ海の空の下で騒いでいるはずだ。

さようなら、さようなら

船は出航した。

エーゲ海へ向け、小さな船はゆっくりと港を離れる。この島に訪れたときと同じように、私はまた船に乗り次の島へと向かう。ぼおんと汽笛が鳴る。空が青い。ゆえに、海も青い。でも本当は、青と表現するのは少しちがうと思っている。かといって、緑でもない。紺碧《こんぺき》、群青、エメラルドグリーン、どれもしっくりこない。日本にはない色だから、日本語のなかにはあの青を表現する言葉がない。

エーゲ海の青。

そうとしか、言いようがない。

私は船尾の甲板に立ち、ごろごろと響くエンジン音を身体に感じながら、岸壁にまばらに並ぶ見送りの人を眺めている。お腹がでっぷりとつき出したお父さんが、カブの後ろに孫娘を乗せ、バイクにまたがりながら手を振っている。一家総出で見送りに来ている人たちがいつまでも歓声を上げ、とにかく元気である。

私は手すりに身体を預け、風に吹かれる。

甲板で風を感じている限り酔わない――、とはエーゲ海の島々をひとり旅する途中、私が発見した船酔いへの唯一無二の対抗策だった。以来、どれほど風が強かろうと、外気が冷たかろうと、甲板に出て風景を眺めることを船旅の常とするようになった。

港を出るときは、柵《さく》沿いに大勢の乗客が集まり、写真を撮るなどして島への別れを告げるが、ひとり、またひとりといなくなっていく。ただし、船が出発してからも、一家総出で見送りに来た家族と大声でやり取りしていた中年の男性だけは、少々岸壁から離れたくらいではあきらめず、声を張り上げがんばっている。

されど、意外と大きなエンジン音にかき消され、いつかは岸壁の声も届かなくなる。男性もやがて声を出すのをやめ、あとは手を振るだけになった。

そのとき、私は男性の向こうに、ひとりの若者が立っていることに気がついた。若者はしきりに腕を動かしていた。彼が手話をしていることに気づくまで、しばらくの時間が必要だった。岸壁に視線を戻すと、確かに隅のほうで、若い女性が一生懸命、手話で返していた。

最後に一度大きく手を振り、中年男性は足元の大きな荷物を背負い船室へ戻っていった。私の隣には、間隔を空けて手話の若者が立つことになった。

若者はいつまでも手を動かしていた。まるで話すことが次から次へとあふれてきて困る、というくらい溌剌《はつらつ》と手を、指を、宙に躍らせた。ときどき、とてもうれしそうに笑った。

それは不思議な眺めだった。

音が聞こえる私たちが、言葉が聞こえなくなって会話をあきらめていく横で、音が聞こえないひと組の男女だけがいつまでも会話を続けている。

それからも、二人は話し続けた。

互いが豆粒のように小さくなっても、それでも話していた。

とうとう、相手が見えなくなったとき、若者は満足そうな笑みを口元に浮かべ、甲板から立ち去った。

私は手すりに寄りかかる最後のひとりとなって、どんどんと遠ざかっていく島を見つめた。あの美しいエーゲ海の青が島を左右から包みこんでいく。しかし、それより美しい眺めを目の前で見せつけられた興奮が静かに私を包んでいた。

そのとき、私はまだ二十歳だった。

今となっては、遠い思い出だ。

さようなら、さようなら。

エーゲ海に汽笛が鳴り渡る。

デリシャス八重奏

出前

お目出度《めでた》いことがあったときには、寿司の出前を頼む。

出前を注文する近所の寿司屋は、たいそう評判がよい。最近知ったことだが、インターネットの口コミサイトで、地域に何百とある和洋中の飲食店のうち何と採点が一位だった。

店はおじいさんとおばあさんが二人でやっている。一度食べに行ったところ、とてもおいしかった。会計のとき、出前をやってますかと訊くと出前メニューを手渡されたので、以来、出前ばかりを注文している。

直木賞ノミネートの知らせを受けたとき等、これはお祝いだ！　というタイミングで出前を頼む。いい寿司屋なので、値段はそこそこする。しかも、量が少ない。ゆえに、松竹梅とあるメニューのうち、妻と二人で竹二つと梅一つを頼む。

注文すると、おばあさんが自転車で寿司箱を持ってきてくれる。食卓に運び、大きな方形の蓋《ふた》を開く。きらきら輝いて並ぶ、端整な寿司が現れたときの盛り上がりは、毎度変わらぬ風景である。

さて、この出前をかれこれ一年続けるうちに、私はあることに気がついた。

それは出前には当たり外れがある、ということである。
寿司のレベルが毎度、非常に高いところにあるとは承知している。ただ、ときどきとんでもなくおいしい回に当たる。この前のおいしかったよなあ、とよき思い出を胸にふたたび注文する。すると今度は、あれ？　ずいぶんちがうな、となる。それは箸の進み方に如実に表れる。当たりのときは、二人で竹二つを平らげ、梅一つを食べ終えても何か物足りない。しかし外れのときは、最後の梅一つが少々重荷である。

近ごろは一個目のネタを食べただけで、当たり判定ができるまでになった。どうやら、シャリの握り具合がミソらしい。だいたい当たりは三回に一回。結構低い。それでも、出前をやめるつもりはない。なぜなら、人が作るとはそういうことだからだ。いつも同じ味を出すのは、もちろん料理人の理想だ。でも、人は機械ではない。マニュアルどおりに作って誰でも同じ味を出せるフランチャイズのピザ屋とはちがうのである。

店の雰囲気に呑《の》まれぬぶん、食卓での判定はよりシビアになる。どうかアウェーの空気に負けないでと祈りつつ、今宵も寿司箱の蓋を開け、緊張の面持ちで一つ目をいただく。

鰻

おさなき頃から鰻《うなぎ》好きである。

小学生の時分、寿司屋に連れていってもらい、ひたすら鰻ばかりを注文し、そのうち「鰻がなくなってしまったから、穴子にしてくれ」と大将に頼まれたほどの鰻好きである。

私の出身は大阪だ。

鰻を「まむし」と呼ぶほど、鰻への高い愛着を示す土地だが、別に鰻の産地が近所にあるわけではない。あくまで鰻好きが多いだけで、私も「詳しいことは知らないが、好物はと訊ねられたら鰻と答える」程度の単純な鰻ファンの一人だった。

そんな私の認識ががらりと変わる事件が起きる。大学卒業後、就職した化学繊維メーカーの配属先は静岡だった。その勤務先の工場が、静岡でも一、二を争う鰻がうまくて有名な町にあったのである。

衝撃は早々に訪れる。「名物だから」と独身寮の先輩に連れていかれた、駅前にいくつも軒を並べる鰻屋にて、私はその味に絶句した。

「これまで大阪で食べてきた鰻は、鰻じゃないッ」

と叫びたくなるほどうまかった。

翌日、私は職場でその感激を語った。「鰻に呼ばれた気分っす」とこの地に配属された僥《ぎょう》倖《こう》を熱く伝えた。

しかし、まわりの反応は至って鈍い。なぜだろう、と訝しんでいると、

「それ、どこで食べたの」

と訊ねられた。

「駅前の○○ですけど」

周囲で一斉に失笑が湧いた。「あんなところの鰻をおいしいと言ってたら駄目だろう」ということらしい。

「なら、どこがおいしいんです?」

途端、「ここが」「いや、あそこが」「あそこは焦げがくどい」「あそこは脂が乗っていない」と「俺のイチ押し鰻」アピールが始まった。

それから、私の鰻探索の日々が始まった。教えてもらった鰻屋を一軒一軒訪ね、その奥深い鰻の味に舌鼓《したつづみ》を打った。もっとおいしいところはないか、とさらに次を探した。

やがて、私は一軒の鰻屋に行き着く。質素な店構えなれど、とにかくその味は素晴らしく、贅沢にも二週間に一度は必ず行くほど虜《とりこ》となった。

その町に配属され一年が経ったある日のこと、私は駅前の鰻屋、あの最初の衝撃を受けた店で食事する機会を得た。鰻丼をひと口食べた瞬間、私はふたたびの衝撃を受けた。まずかった。さらに、くさかった。焼き魚丼じゃないかこれ、とさえ思った。上へさらに上へと鰻の高みを目指すうち、私の舌はいつの間にかあり得ぬほど肥えていたのである。

いいか悪いかはわからぬ。

されど、これこそまさしく味覚の鰻上り。

ミルクティー

紅茶派かコーヒー派かと訊ねられたなら、しばし考えこんだのち、「僅差《きんさ》で紅茶」と答える私だが、これまででいちばんうまかった飲み物は何かと訊ねられたなら、迷うことなく「紅茶！」と即答する。

十三年前、一杯のロイヤルミルクティーを飲んだ。

そのロイヤルミルクティーは、多少風変わりだ。たとえば飲んだ場所が、雪降るモンゴル奥地のテントの中だった。ロイヤルミルクティーとは一般的に、水とミルクを混ぜたものをあたため、茶葉とともに煮出し、その濃厚な味わいを楽しむ飲み物であるが、そのときの水は森の清流を汲《く》んできたもので、ミルクはテントの周囲で放牧されていたトナカイの乳だった。

大学四年の夏の終わりに、私はモンゴルを訪れた。トナカイの放牧を生業《なりわい》とする遊牧民を研究している方とともに、モンゴル奥地のタイガと呼ばれる森で約十日間テント生活をした。

ある日、遊牧民一家のお母さんが、トナカイの乳が入った小さなタンクをくれた。モンゴルには、「スーティ・ツァイ」というミルクティーがある。大鍋にお湯を沸かし、そこに茶葉を散らし、たっぷりのミルクを入れる。最後に塩をまく。モンゴルのミルクティーは塩の味がする。モンゴル人のテントにお邪魔すると、「まずは一杯」とこれをごちそうされる。毎日飲むと塩味にも慣れるが、「ああ、甘いミルクティー飲みたいです」と軟弱かつ、西洋かぶれな私は心密かにその機会を狙っていた。

ミルクの入ったタンクに水を加え、タンクごと薪《まき》ストーブの上に置いた。そこへ日本から持ってきた安物のティーバッグを沈め、じっくりと煮出した。最後はもちろん、たっぷりの砂糖。それをアルミの食器に注ぎ、ちびちびと飲んだ。

トナカイの乳を使ったその味は、濃厚さといい、まろやかさといい、新鮮さといい、めまいがするほどおいしかった。この世にこんなうまい飲み物があるのか、と戦慄《せんりつ》するほどだった。

茶の精神を表す言葉に「一期一会」がある。

タイガの澄んだ雪解け水に、搾りたてのトナカイの乳。薪ストーブのあたたかさに、砂糖への餓え。どれも二度と出会うことのないもの同士が、モンゴルの奥地にて一瞬だけ交わった。

あのロイヤルミルクティーを超える飲み物には、これからも出会えそうにない。

パスタ

大学一年の夏休みにバックパックを背負って、ヨーロッパへ一カ月旅行に出かけた。旅程も半分を消化し、ちょうど慣れてきた頃、イタリアのヴェネツィアで置き引きに遭《あ》い、パスポートや航空券、現金等一切合財を失った。日本に帰国するにはパスポートの再発行が必要なので、ローマの大使館に向かうと、今度はローマの宿屋で最後のヘソクリ一万円を盗まれ、全財産は二千円、本当にどうしようもなくなってしまった。

ひとりで考えても埒《らち》が明かないので、人に頼ることにした。宿屋を出てすぐの場所にあった、ローマのテルミニ駅近くのイタリア料理店に向かった。その店を日本人の女性が経営していることは知っていた。夜になると、おばちゃんが店の前で日本人観光客と談笑する元気な声を聞いていたからだ。

オープン前の客が誰もいない店に入り、「すいません、話を聞いてください」と切り出した。あまりに顔色の悪い十九歳がふらふらと入ってきたからだろう、おばちゃんは戸惑いながらも、「そこに座りな」と店のテーブルを指差してくれた。

私はそこで間抜け極まりない、荷物を失った顚末《てんまつ》を語り、どうしたら日本に帰るためのお金を工面《くめん》できるだろうか、イタリアに日本から送金する手段はあるのかと訊ねた。黙って話を聞いていたおばちゃんは、硬貨を一枚取り出した。店の公衆電話を指差し、

「実家の親御さんにコレクトコールしな。それで東京にいる私の姉の口座に必要なだけ送金してもらうの。姉から金額の連絡を受けたら、その分を私があんたに渡してあげる」

と言った。世の中にこんな頭のいい人がいるのかと思った。私は硬貨を受け取り、日本に電話した。おばちゃんの言うとおりに送金の手はずを整え、電話を切った。

「あんた、ごはん食べてんの？」

とおばちゃんが訊ねた。「二日前にすってんてんになってから、まともに食べていない」と正直に答えた。

「そこで待っときな」

おばちゃんは厨房に向かうと、湯気がもうもうと立つ皿を持ってきてくれた。何かを口に入れただけで涙が出そうになったのは後にも先にもあの一回きりだ。お礼を言おうとすると、

「そんなのあと。パスタは一秒過ぎれば、一秒ぶんマズくなる。だから、すぐに食べなさい」

と叱られた。

「リストランテ　トゥディーニ　ガブリエーレ&トモコ」

長い名前だけど、おばちゃんの店はあれから十五年が経った今も、ローマのテルミニ駅近くにある。おばちゃんの名前はトモコさんと言う。

著者註＊現在は改装して店名は「トモコ　トゥディーニ」になっています。

モーニング

京都の喫茶店というのは独特である。

東京や大阪とは、確かに何かがちがう雰囲気が店のなかにみなぎっている。

そのちがいのいちばんの理由は、京都の喫茶店の多くが、戸建ての路面店を確保しているという点にあるだろう。

道路から扉一枚を開けたら、すとんといきなり別の時間の流れが始まる。「おっ」と声を上げてしまうほど、奥行きある空間が待っていることもあれば、いろとりどり鮮やかな内装が視界に押し寄せることもある。雑踏《ざっとう》のざわめきがたった今まで周囲に流れていても、扉を閉めた途端、静かなクラシックが、小粋なフレンチポップが、ボサノバがあくまでひかえめに店内を押し包む。店のテーブルでは、のんびりと学生さんや、普段何をしているのかわからないおっちゃんおばちゃんがコーヒーカップを傾けている。

この時間のゆるやかさ。

繁華街に立地する場合、そのほとんどがビルの一テナントとしてしか存在できない東京や大阪の喫茶店とのちがいがここにある。たとえ小さな間取りなれど、我が城、我が世界にようこそという侮《あなど》りがたき気概を京都の喫茶店は持っている。本心はどうか知らぬが、あまり稼ごうという意欲が感じられないのもいい。

今回、京都滞在中に訪れた店は四軒。いずれも、自分の色をしっかりと持った、一度行ったら、どんな店だったっけ？　とのちのち記憶がぼんやりすることはない店ばかりだ。

「イノダコーヒ」は、午前八時半に訪れたにもかかわらず、すでにずいぶんなにぎわいだった。朝からいきなり、ビーフカツサンドをいただくも、やわらかい和牛の深い味わいに惹かれ、案外いけてしまう。アイスコーヒーを注文すると、最初からミルクと砂糖を入れて持ってきてくれるのがイノダ風である。気品ある店内の雰囲気なれど、ちゃんとスポーツ新聞が置いてあるのがいい。若い女性はいつまでもひとつの店をひいきにはしないが、一度居座ったおっさんは十年その店を利用する、というのが、私の喫茶店利用客論である。大学時代、京都で下宿していた頃、ひいきにしていた喫茶店に私は今も時間があったら寄る。かれこれ十五年間通っていることになる。もちろん、店にはスポーツ新聞が置いてある。

一方、百万遍《ひやくまんべん》の「進々堂」に、スポーツ新聞は置いてない。その代わり、この店には「知」の気配が置いてある。本当に集中して読んでいるのかどうか知らないが、京大生が難しい顔で本とにらめっこしているのを見ると、その丸まった背中からえも言われぬ「知」のオーラが立ち上って見える。のちに人間国宝となった黒田辰秋《くろだたつあき》による背もたれのない長イスは、ひょっとして、この丸まった背中を演出することを意図していたのではないか、とさえ勘繰《かんぐ》ってしまうほどだ。香りのよいカレーに、あつあつのパンをちぎって食すカレーパンセットをいただく。毎度のことだが、もう少し大学のとき勉強すりゃよかった、と後悔する。

「進々堂」からずっと西へ、同じ今出川通に面する「ル・プチメック」はパン屋さんである。イートインコーナーもあるので、私は「鶏のプロヴァンス風」と「リンゴのタルト・フィン」をチョイスし、別途ミルクティーを注文した。

このパンがおいしかった。どうしましょう、というくらいおいしかった。近所にこんなおいしいパン屋がある西陣のみなさんは、もうしあわせと言うしかない。しかも、値段が極めて安いので、学生さんがふらっと訪れ、簡単に昼食用に二つ、三つと買って帰れる。とにかく、すばらしい。この店は新宿のマルイに入っているそうである。しかも値段は京都と同じ。これは行かねばならない。

東大路通の有名なカバン屋の向かいにある、「喫茶 六花」ではモーニングセットをいただく。バターのしみこんだぶ厚いパンの横には、たっぷりの野菜である。厨房では、大きなバジルの束を手に店員さんが動き回っている。野菜はすべて自家製のものだそうだ。近頃、バジルを家で育てているからわかるのだが、なかなかあんな立派には育たない。

以前、人里離れた一軒家でストイックに豆を焙煎《ばいせん》している様子をテレビで観て、「ああ、一度飲んでみたいなあ」と思っていたオオヤコーヒ焙煎所の豆で淹《い》れたホットを期せずして飲めたこともうれしかった。苦みのある香り高いコーヒーを飲みながら、今回訪問した四店、いずれも場所が適度に散らばっているので、今後も重宝しそうだとその場所を頭に叩きこみつつ、「六花」とシンプルに記されたコーヒーカップを皿に置く。

とりあえず、東京に戻ったらまずいちばんに新宿に行き、「ル・プチメック」の味にさっそく再会しようと決めた。

寿司

去年、金沢で寿司を食べた。

むろん若輩者であるし、ときどき出前は頼むが、それほど寿司を食べた経験があるわけでもない。だが、そのとき食べた寿司の味が今も忘れられない。間違いなく、私がこれまで食べた寿司のなかでいちばんおいしかった。

まず、店の雰囲気がよかった。

昼間に行ったからだろうが、客が誰もいなかった。白木のまばゆいカウンターに座り、多少は緊張を感じながら、主人の薦めるままに、先に刺身を少しいただき、そのあと握ってもらった。大きな木のまな板に魚の切り身が置かれ、そこに細長い包丁が添えられる眺めが、とにかくうつくしかった。

私は大阪で生まれ育った。

食に関しては日本で最高の環境にあるという、街全体の強い思いこみと同化しながらすくすくと大きくなった。

しかし、大学を卒業し、はじめて関西を離れ静岡の化学繊維工場で働くことになったとき、私は「おや？」と思った。魚が明らかにおいしい。独身寮の食堂で出てくる、何も凝《こ》った手を加えていない素朴な魚料理が明らかに大阪で食べてきたものよりおいしい。伊豆に近いその勤務先にて、私は決して海鮮物に関しては、大阪が一等ではないことを思い知ったのである。

静岡の次に私は東京に引っ越し、三年の無職の期間を挟んで作家になった。すると、半年に一度くらい、寿司をご馳走してもらう機会に恵まれるようになった。そこで私はまたしても知ってしまった。週末のたびに独身寮から車で三十分ほどの漁港の店に赴き、おいしいおいしいと食べていた、あの静岡の寿司が決して一等ではなかったことを。

大阪に住んでいた頃は、東京の食べ物はマズいものばかりだと聞いていたが、いざ住んでみると、マズいもの自体が東京にはほとんどなかった。なかでも寿司のおいしさは、たまにしか食べられないということもあろうが、相当に大したものだった。

そんな私が金沢を訪れた。

戦国末期の忍者を主人公にした小説を連載するための準備として、忍者寺という異名をとる妙立寺《みょうりゅうじ》を見学しようと思い立ったからである。続々と訪れる観光客が時間ごとに正確に区切られ、忍者屋敷のように奇矯《ききょう》な防御の仕掛けが施された本堂を、寺の案内の女性に率いられぐるりと一周した。見学を終えると、ちょうど昼どきだった。そこで、私は一軒の寿司屋ののれんを潜《くぐ》ることにした。

　金沢駅から少し離れたその寿司屋で小一時間を過ごし、私は金沢城の観光に向かった。二の丸を突っきり、大学生の頃に訪れたときにはなかった櫓《やぐら》に登り、鬱蒼《うっそう》と緑が生い茂る植物園のような本丸を巡る間、私はほとんど先ほどの寿司のことばかり考えていた。

　つくづくすばらしかったという賛辞の言葉ばかりがとめどなく湧き出るわけだが、では何がすばらしかったのか、と一歩考えを進めたとき、「寿司にストーリーがあったから」という理由が真っ先に思い浮かんだ。

　そう、寿司に物語があったのだ。

「いやいや、最近めっきり僕、スランプでねえ、ネタが見つからんのですわ。なんぞ君、どっかにええネタ転がってへんかな？」

「何言うてんや君、ネタなら君の頭の上にのっとるがな」

「あ、そやった。僕、寿司やったわ」

　という類の物語ではない。

　ひとつひとつ出される寿司に、何であろう、意味があったのである。このひとつはまだ静けさを保ち、このひとつで一気に盛り上がって、このひとつでクライマックスを迎える、そしてこのひとつで穏やかな結末へと向かうわけです――。そんな具合に寿司がときに控えめに、ときに雄弁に語っていたように感じられたのである。

寡黙《かもく》な主人がそっと出す寿司が奏でる物語に、客は静かに耳を澄ます。

また同じ店を訪れたとき、はたして私は同じ感興を得ることができるのだろうか。ふたたび金沢の地を踏む日が、楽しみであり、同時に少しこわくもある。

タルト

はじめてのケーキ屋に足を踏み入れる。

ショー・ウィンドウの向こうに、色とりどり、形もさまざまなケーキが並んでいる。

何を選ぶ？

タルトだ。

はじめてのレストランでコース料理を食べる。食後のデザートはいかがしますか？ とお洒落《しゃれ》な店員がやって来て、ずらずらずらと覚えきれぬ単語を羅列《られつ》し、ケーキの選択肢を提示する。

どれを選ぶ？

タルトだ。

何のタルトだとか、何がのっているだとか、そんなことは気にしない。とにかく、タルト。私のファースト・チョイスは、いつだってタルト。第一回選択希望選手、タルト。それくらいに、タルト。

しかし、これほどタルトを連呼したにもかかわらず、その実、私はさほどタルトが好きではない。いや、正確に言うと、好きなタルトにいつまで経っても出会えない。だから、馬鹿のひとつ覚えでタルトの呪文ばかり唱えている。私が食べたいと頭に思い描く理想のタルトに再会するまで、これからもずっと唱え続ける。

最初の出会いは幼稚園のときだった。

家の近所にケーキ屋があった。その名は「ユンヌ・ローゼ」。ひょっとしたら、人生最初に覚えた二単語のフランス語だったかもしれない。そこにタルトが売っていた。生クリームが苦手な私は、自ずとそれを使っていないもの、すなわちタルトを選択するに至った。

タルトと言っても、みなさんご存じのとおり、そのバリエーションは多岐《たき》にわたる。ビスケットっぽい生地の土台に、フルーツあたりを盛りつけるのが基本形だが、生クリームを土台の上に流しこむタルトだってあるし、その土台部分に関しても、ピザくらい面積が大きなものから、スプーンくらいの一口サイズのものまでまちまちだ。

されど私のタルトは決まっている。「ユンヌ・ローゼ」で食べたあのタルトだ。

土台は醤油皿くらい、つまり手のひらサイズだ。土台の側面の生地は、底からいきなり直角にそそり立つのではなく、船の横っ腹のような勾配で素早く上がってくるのがよい。さらにその生地はビスケット風ではなく、硬度を上げてクッキーの感触まで持っていく。つまり、一見薄そうだが、フォークを当てたって、おいそれと割れやしない。お上品に食べようとして、フォークをいったんは持つが、結局それを置いて、端から齧《かじ》りつくことになる。

中身はカスタードクリーム。

ただ、それだけ。

今まで幾多《いくた》のチャレンジをタルトに対し仕掛けてきた。見た目が限りなく私が求めるタルトであっても、カスタードクリームにフォークを入れた途端、決まってため息が訪れた。世のタルトはサービス精神が旺盛すぎる。なぜ、カスタードクリームの内側に生クリームを潜《ひそ》ませるのか。クリーム部分と土台の間に、そんな酒の風味を効かせた、じくじくしたスポンジはいらんのだ。土台の内側をチョコレートでコーティングするのも、ご遠慮願いたい。もっと無愛想に攻めてくれ。

つまり、硬いクッキー風の土台に、適度の粘度をもったカスタードのみをのせ、そこにフルーツを飾る。イチゴなら、半分にスライスしたものを、ベンツのマークのように三枚。ダークチェリーなら、大きすぎないものを四つ。

ただ、それだけなのに、「ユンヌ・ローゼ」のタルトは、どんなケーキよりもおいしかった。甘みと酸味が過不足なく表現され、土台部分の歯ごたえも十分。フルーツとカスタードクリームと土台の三者が卓越したバランスを保ちながら、ときに主役を張り、ときに脇役として支え、何度食べても飽きがこない味を体現していた。むかし懐かしの味なんてものは、得てして美化されるものだろうが、あれだけは間違いなかったと私の記憶が叫んでいる。

高校に入ると同時に引っ越ししたため、私は「ユンヌ・ローゼ」から離れた。しばらくして店は潰れてしまった。それからずっと、あのタルトを探し続け今に至る。

もしも今、小説家を辞めたら何になりたいか？　という質問を台湾でサイン会を行ったときに現地のファンの方から受け、なぜか「寿司職人」と答えてしまったのだが、この一編をしたためた今なら、はっきりと言える。

「タルト職人」だ。

酒

以前、ある人から「万城目さんは、家で酒を飲まないでしょ、タバコも吸わないでしょ」と指摘され、いかにもそのとおりであると驚き、なぜわかるのかと訊ねたところ、

「作品に酒を飲んだり、タバコを吸う人間が出てこないから」

と鋭い洞察を伝えられ、うなってしまった。

会食の場での酒は好きだが、確かに家では飲まない。その指摘を受けてから、酒もタバコもたしなまない、つまらぬ堅物《かたぶつ》野郎と思われるのも癪《しゃく》なので、幾度か作品内に酒とタバコを登場させてみたが、これが描写、小道具としての使い方ともども、まるで下手くそで身についていない。

そこで今回は、作品内に酒が登場する本のなかでも、好きだなあ、うまいなあ、となってしまう酒の描き方に成功している三冊を紹介してみたい。

＊

一冊目は『スティル・ライフ』(池澤夏樹著)。一九八七年の芥川賞受賞作である。二十代の若者二人の物語であるが、時代はまさにバブルのど真ん中。放っておいても誰でも儲けることができた株で利益を重ねつつ、夜になるとスライドショーで星空の写真を眺め、人生わかっちゃったふりをする若造たちを描く、実にいけすかない話なのだが、不思議と読んでいる間は透明感に満ちた品のよさに包まれる。

それもこれも男二人の会話がオシャレだからだ。何しろ、バーのカウンターでウィスキーの隣に置かれた水のグラスをのぞく男に、

「何を見ている?」

と訊ねると、

「ひょっとしてチェレンコフ光が見えないかと思って」

と答えるのだ。聞きました、奥さん? チェレンコフ光ですって。宇宙をさまようニュートリノが、目の前のグラスを通過する際、物質と衝突したら光が見えるかも、と言いたいみたいですよ。

いやあ、恥ずかしい。自分が隣に座っていたら、とてもしらふじゃ聞けない台詞だが、この作品のタイトルを聞いて、真っ先に思い出すのがチェレンコフ光とウィスキーだ。ウィスキーが醸《かも》し出す静謐《せいひつ》の気配を、これほど上品に、知的に描いた描写はない。

＊

二冊目は『パルプ』（チャールズ・ブコウスキー著）。ハリウッドに事務所を構える貧乏探偵が、とっくに死んだ大作家セリーヌを捜してくれと突然依頼を受けるという、全編通じてまともじゃない作品なのだが、とにかく主人公の探偵が飲んだくれている。食事よりも圧倒的に酒を飲むシーンばかり、特筆すべきはウィスキーやウォッカだけではなく、主人公の飲酒ラインナップに日本酒が登場することだ。追う者、追われる者、手巻きタバコ、銃、暴力、女――、めくるめくハードボイルドな展開に、ときどき現れる日本酒。これが意外や、違和感なく馴染んでいる。

酒飲みの描写としても、九十年代のアメリカで日本酒まで手を出していたら、これは筋金入りののんべえだとわかる。さらには、昼間からウィスキーのグラスを傾ける探偵は、ちょっとオシャレ感があるが、昼間から日本酒を飲む探偵は間違いなく無能である。ダメ探偵を描くうえでも、うまいチョイスだ。

＊

三冊目は『ひとり飲む、京都』（太田和彦著）。夏と冬にそれぞれ一週間、著者が京都に宿泊し、さまざまな居酒屋やうどん屋、バーなどにお邪魔し、店と人の雰囲気を落ち着いた筆致で描きだす。すでに、この本に紹介されている店の大半を、京都出張にかこつけ訪問済みの私であるが、どれもすばらしい店ばかりである。

太田和彦氏には必殺技がある。

それは酒を飲む際の表現、「ツイー」である。杯やグラスを持ち、「ツイー」とのどへと流しこむ。この「ツイー」こそ、太田氏の専売特許。言葉から耳へ、涼やかで品がよい語感が通り抜けていく。「ぐびっ」とは、かなり受ける印象が違う。ちなみに「スイー」という表現も登場するが、イマイチ使い方の差がわからない。

以前、太田氏が著作のなかで、「自分が知りたいのは、グルメ本で評価される店ではなく、小説家や芸術家がどんな店に行っているかだ」といったことを書いていた。

その文章を目にしたとき、何とも申し訳ない気持ちになった。

小説家は太田さんの本を読んで、そこに紹介されている店に行っています。

挙げ句の果てが、酒を飲むとき「ツイー」なんて頭の中で擬音語を重ねています。

なんてことは、言えないのである。

やけどのあと

（２０１１東京電力株主総会リポート）

そのとき、私は信号待ちをしながら電話していた。大学を卒業後、二年間働いた会社で同じ職場にいた先輩が、

「この前、お得意さんと話してたら、お前の本が好きだって人がいてよー。で、元気にしてんの？」

と八年ぶりに電話をくれ、

「あ、元気にしてます。今ですか？　ちょっと映画を見にいこうと思って、映画館に向かってます。はあ、昼間から気楽なもんです。お勤めご苦労様です」

などと答えていたら、急に地面が揺れだした。

「あ、地震」

と頭上を仰ぐと、信号機もゆらゆらと揺れている。しばらく経ったらやむのかな、と待ってみたが、なかなかやまない。むしろ明らかに揺れが大きくなっている。

「わ、こわいこわい」

はじめは呑気《のんき》に状況を説明していたのだが、信号機が軋《きし》み始め、交差点の名称を知らせるプレートが考えられぬほど左右にぶれるのを見て、さすがにこれはただごとではないと気がついた。

「これはダメです。ヤバいです。すいません、切ります」

と大阪にいる相手の返事も待たず、私は電話を切った。何となく、走りだした。相変わらず、地面は揺れていた。視界も全部揺れていた。アスファルトがやわらかいゴム面になってしまったような妙な感触を靴底に覚えながら、まるで波に揺れる船の甲板を進む気分でとにかく走った。

車はすべて止まっていた。なぜなら、人が道路に出てきたからだ。ちょうど私が信号待ちをしていた場所は、やたらと美容室が多いエリアで、頭にタオルを巻いたり、カラフルなパーマのロッドを盛り上がった頭に突き刺したりしたおばちゃんたちが、いっせいに左右の美容室から飛び出してきた。地面はまだ揺れていた。おばちゃんの胸元や頭に巻かれたタオルの白がやけに目に染みた。

風がとても強い日だった。

風のせいなのか、地震のせいなのか、電線がずっとぶらぶら揺れていた。

三月十一日、十四時四十六分。

当然、そのときは、自分が東京電力の株をしこたま持っていることなど、かけらも思い出さなかった。

*

「電力株はすこぶる配当がよい」

というのは、あの地震が起きる前日まで、とても有名な話だった。たとえば、東京電力の配当は三パーセントもあった。百万円の東京電力の株を買ったとすると、三万円の配当金が手に入る。銀行に百万円の普通預金を預けても、一年に百円か二百円しか利息がつかぬご時世だ。その差は歴然である。

もちろん、うまい話ばかりではない。株というものは生き物である。ころころとその評価額を変える。百万円で買った株が九十万円まで値を下げてしまったら、五万円の配当金をもらってもマイナスになってしまう。

それゆえの、電力株である。

電力株はじめ社会インフラ系会社の株価はあまり推移しない。いわゆる安定株だ。なぜなら、それらの会社は電力やガスといった生活に不可欠なものを売っているし、何かあったらそのバックには国がついているので、株価の変動リスクはほとんどない。これほど堅実かつ、おいしい物件はそうはないのに、電力株を持たない理由がわからない。あんなしぶちんな銀行なんかに、大人しく預けているやつの気がしれない——。

という煽り文句を真に受け、私は電力株を買った。ネット証券に口座を新たに開設し、いちばん大きな会社がいちばん安心だろう、と東京電力の株をしこたま購入した。二〇一〇年十二月のことである。ひと株千九百六十四円を五千株。ざっと九百八十万円。経験したことのない額を一気に約定させたときには、さすがに身体が熱くなった。

とはいえ、別に株価の上下によって稼ぐつもりはなく、五年十年と寝かせて、正確には放っておいて、着実に配当金をいただければよい、という考えだった。——そう、三月十一日までは。

地震が起きたのは十四時四十六分。

東京証券市場で株の売買が行われる立会時間は、前場《ぜんば》は午前九時から十一時まで（当時）、後場《ごば》は十二時半から十五時までと決まっている。

はたして三月十一日、地震が起きてから取引が終了するまでのわずか十四分の間に、自身が持つ銘柄の株価が急落することを察知し、売り抜けた人間というのは、世の中にどれほどいたのだろうか。少なくとも私は、自分が株を持っていたことすら思い出さなかった。

三月十二日から十三日にかけ、日本は自らが受けた傷跡の深さをこれでもかと思い知らされた。今思い返しても、この二日間が精神的にいちばんきつかった。東北の地に起きてしまったことが次々と明らかになり、テレビの前で無言のまま座り続けた。起きたことだけではなかった。これから起きるかもしれない新たな災厄への不安が、急速に高まっていた。福島第一原発の一号機が水素爆発した。官房長官の顔色はテレビに映るたび、どんどん悪くなっていった。総理は蠟《ろう》人形のような眼《まなこ》で届かぬ言葉を伝えていた。もう、終わってしまうのかもしれない、とトイレの便器に座り放心しながら、私は原発がこれ以上、悪くなりませんようにと願った。実際、深夜までニュースを追っていると、不思議と状況がよくなっているように感じられる瞬間がときどき訪れた。しかし、総じて見たところ、何もかもが悪化していくるのだった。さながら私は、落下するエレベーターのなかで、グラフの棒が十センチ上がったのを見てよろこんでいたようなものだった。悲しいことに、すでに原子炉内で結論は出ていたのだから。

地震は金曜日に発生し、証券市場が休みの土曜・日曜の間に、原発を巡る状況は一気に悪化した。取引が再開される月曜を前に、私は自身が持つ東京電力の株をどう扱うか決める必要があった。それはつまり、現在進行中の原発事故の収束に対する期待値を、行動で示すということだった。

月曜の朝まで、締め切りの原稿を書きながら考えた末、私はすべての東京電力の株を売ることに決めた。

*

株の売買方法には指値《さしね》注文と成行《なりゆき》注文がある。

指値とは価格を決めて注文することを言う。

一方、成行とは価格を決めず注文を出すこと、つまり相手の言い値で売買を成立させることを言う。

三月十四日、月曜日。

朝の五時に、私は仕事を終わらせた。東京電力の全株を売る成行注文を、ネット経由で発してから床に入った。これなら、震災発生後はじめての取引開始となる午前九時に起きていなくても、株は自動的に手を放れていくはずだった。指値注文にしなかったのは、土曜、日曜と重苦しい不安と対峙《たいじ》し続けたことで、誰もが同じことを考え、東京電力株に売り注文が殺到することは火を見るよりも明らかだったからだ。優雅に指値注文で具体的な売却価格を指定し、損をコントロールできるような状況にあるとは思えなかった。成行は指値よりも優先される。いくら損をしようと、真っ先に売ることが「最悪のなかの最上」になると考えたのだ。

昼過ぎに、私は起きた。

はたしていくらの損で株は売れたのか。プラスになることなど決してなく、ひたすら出血するだけとわかっているのに胸がどきどきした。パソコンを立ち上げ、出てきたネット証券のトレード画面を、私は凝視《ぎょうし》した。

どういうことなのか、すぐには理解できなかった。

画面に記された私の情報は何も変わっていなかった。持っている株の数も同じだった。つまり、一株も売れていなかった。

まさか指示を間違えたのかと思ったがそうではない。

しばらくして、私はようやく了解した。

ストップ安でまったく買い手がつかなかったのだ。

パソコンのトレード画面には、買い手と売り手の情報が詳細に表示されていた。売り注文の総数、買い注文の総数——、その両者のバランスがとてつもなく崩れている様に私は愕然《がくぜん》とした。

画面には奇矯にも東京電力の株を買いたいと申し出るも、取引成立に至らなかった数が出ていた。その数、三万株。

それに対し、東京電力の株を売りたいと申し出るも、相手を見つけられなかった数は五十五億株だった。

トレード画面にその数字が収まりきらず、「S」という千を意味する記号が、0がたくさん並んだ脇に添えられているのを、私ははじめて目撃した。私が起きる一時間前、第一原発三号機が水素爆発を起こした。状況はさらに悪化し、翌日も、さらに翌々日も、東京証券市場にて東京電力の株は連日ストップ安を記録した。二千百円あった株価は、三日で九百円になった。あまりの急降下に、私は呆《ほう》けた。何ら手を打つこともなく、注文を発することもなく、ただただ口を開けて金が消えていく様を見守っていた。

私は株を売ることをあきらめた。

いつになるかはわからないが、原発が安定し、また株価が戻ってくるときまで、五年かかるか、十年かかるかわからないが、とりあえず待とうと決めた。

と思ったら、次の日には東京電力はいずれＪＡＬのようになるのだから、一円の価値もなくなる前に売らないとすべてが消え去ってしまう、これは明日にも手放さないと、と発作的に考えを翻した。

東京電力の株を持っているというのは、ただ単に大損を内包している、という事実とは別の、何とも奇妙な気持ちを同居させた。

原発に関する、東京電力の一連の対応をけたくそに言いたい気持ちは存分にあるのだが、たとえば「つぶれてしまえ」という言葉が現実のことになると、私はたいへん困る。だから言わない。また、東京電力が国有化されるかも、といううわさ話を語る人がいると、「そんなリスクを国がわざわざ負いますかねえ」とやんわり否定する。「批判していても仕方がない。実際にことに当たっているのはこの人たちなのだから、こっちはがんばれと言うしかない」とめずらしく東京電力に遠回しのエールを送る、テレビのコメンテーターに出くわすと、「お、おお、そのとおりかも」とこちらも遠回しに賛成する。すべては株価が上がって、自分の損が少しでも小さくなってほしい、という浅ましい一念がゆえである。

結局は強欲だったがゆえのしっぺ返しだった。なぜ、一度壊れたら誰も手がつけられない、危険の極みにあるものを扱っている東京電力の配当金が三パーセントもあるのか。それは本来は安全のためにかけるべき金を、株主の懐に分配していたからである。会社はこの高配当でもって、結果的に原子力によりかかる経営に株主が文句を言うのを封じていたのだ。実際に私もほいほいとそのアメにつられ、株を買った。原子力のリスクなど、かけらも想像しなかった。ただ、三パーセントの配当金を欲しがっただけだ。だが、その実態は、防潮堤を造るために使うべき金を、株主の満足のために配当に回し、会社と株主が仲良く肩を組んで脳天気に何十年も続けてきた滅びの行進の最後尾に、わざわざ参加しただけだったのである。

つまりは強欲への罰をしたたかに喰《く》らったのだ——、といくら自省的に己の行動を振り返ったところで、市場の株価の下落はいっこうに止まってくれなかった。

ついに私は音《ね》を上げた。これでは仕事にならぬ、と降参した。未来のない株を持っていても、いいことなんて何もなかった。せいぜい、私が東京電力の株で大損こいた、と友人連中に告げると、みんな大よろこびした、それくらいである。

「震災後、はじめて大笑いした。ありがとう」

とわざわざメールで感謝の気持ちを伝えてくれる友人もいた。編集者のみなさんは、「それはそれはお気の毒に」と殊勝《しゅしょう》な言葉を投げかける一方で、その唇の端がみんなニヤついていた。わかっている。他人の不幸は蜜の味。こんな最悪のタイミングで東京電力の株をしこたま購入し、その後の目減り具合は悲惨のひと言——、などという心温まるエピソードはそうはお目にかかれない。

人の気持ちが明るくなるのは大いに結構だが、ただまわりの人間をほがらかな気分にさせるためだけに、自分のたいせつな資産を失い続けるわけにはいかなかった。

三月末日、辛抱《しんぼう》を切らした私は、とうとう持ち株のすべてを売りに出した。ひと株千九百六十四円で買った株価はすでに五百円を切っていた。

その瞬間、購入から約三カ月を経て、七百三十四万円の損失が確定した。

＊

私と東京電力との特別な関係は終わった。

あとは日々使用した電力料金を黙って払い、攻撃的な気分が盛り上がったときだけ、東電の文句を言う、そんな一電力使用者としての生活が続くはずだった。株で大損したことは、万城目家の教訓にすることにした。すなわち、今後、万城目家の人間は決して株には手を出さない、という家訓を定めることによって、少しでも心の傷を薄めようと努めた。だが実際のところ、今後二十年くらい、万城目家で株をしそうな人間は私だけなのだった。

株を売り払って、二カ月が経った六月のある日、東京電力から一通の封書が届いた。

また電力料金値上げの説明か何かかな、とぶ厚い封書を開くと、

「第87回定時株主総会開催ご通知」

が入っていた。

なぜ、とうに株を手放した私のところに、今ごろになって株主総会へのお誘いが届くのか、と訝しんだが、調べてみたところ、株主総会に出席できる権利は、「基準日」の時点で株主名簿に記された株主に与えられるものらしい。しかも、東京電力の定款《ていかん》に定められた基準日は三月三十一日、まさに私が株を全部売り払った日だった。

通知の冊子によると、株主総会の開催は六月二十八日の午前十時から。東京タワーの近所

の芝公園にある、ザ・プリンスパークタワー東京とある。

同封された議決権行使書には、会社提案の第一号、第二号議案、四百二名の株主から提案された第三号議案について、それぞれ賛・否に○をつける欄が設けられてあった。第三号議案に関しては、

「株主からのご提案につきましては、当社取締役会は反対しております。」

と小さい字で添え書きがされていた。

それを見て、急に興味が湧いた。

この第三号議案とは定款の一部変更により、原子力発電からの撤退を求めるものだった。

議決権行使書に記された「行使できる議決権の数　50個」というのが、五千株を保有していた私に与えられた権利だった。議決権の行使方法としては、郵送かインターネットで株主総会前日までに返答する、もしくは株主総会に出席して直接議決に参加する――、この三択があった。

私はさして考えることもなく、生まれてはじめての株主総会に参加してみようと決めた。

*

六月二十八日火曜日、午前九時。

未曽有《みぞう》の原発事故を起こした東京電力が震災後はじめて開く株主総会、その当日、会場周辺は早くも異様な熱気に包まれていた——、ということは特になく、足早に会場に向かう中高年のみなさんとともに、陽差しがきついな暑いなとぼやきながら、私はザ・プリンス パークタワー東京に到着した。ロビーはクーラーが効いていて、気持ちよかった。緊張した面持ちのスーツの男性が五メートルおきに立って、株主総会参加の方はこちらです、と手で案内していた。

会場は地下二階のボールルームというところだ。国内最大級の広さを誇り、バカラのシャンデリアの下、結婚披露宴だって盛大にとり行える。近いところでは、市川海老蔵ご夫妻が披露宴をした。最大で三千人だか四千人を一挙に収容できる箱らしい。

ロビーを抜け、地下へのエスカレーターに乗ったところで急に空気が変わった。何だか蒸し暑い。まさかと思ったが、嫌な予感は的中する。節電を世間にお願いしている会社は、どんなときだって節電を敢行する。株主総会でも節電する。一階ではホテルがクーラーを存分に効かせていても、株主総会は東京電力が取り仕切るものだ。空調だって、もちろん東京電力基準で行わなければならない。ゆえに二十八度設定、かどうかは知らないが、とにかく生ぬるい空気に包まれながら、私は会場へとエスカレーターを下りた。

手荷物検査を受けたあと、議決権行使書の紙を係員に渡し、代わりに入場証をもらった。だだっ広い会場に入り、真ん中から少し後ろのへんに座ったのは九時十分ごろ。九時半には、ほぼ会場が満員になっていた。周囲を観察するに、男女比は九対一で圧倒的に男が多い。さらに男も、四十歳以上の中高年がその九割を占めている。服装はてんでばらばらで、開襟《かいきん》シャツに長ズボンというのが最も多いが、ジョギング帰りのような軽装や、短パンの人も見受けられる。会場はやはり涼しくなく、扇子《せんす》を持っている人がうらやましい。ホテルの朝食会場で聴くような、ほがらかなクラシックが控えめに流れていて実に場違いである。

午前十時、株主総会開始のブザーが鳴った。

正面ステージに鶴翼《かくよく》の陣の如く、左右に開いて設けられた席に、続々とスーツ姿が着席する。見るからに役員の多い会社である。その中央の議長席に、白髪の人物が収まった。勝俣恒久《かつまたつねひさ》会長（当時）である。議長のあいさつが始まる。実に神妙な口ぶりで語られるあいさつに、私はてっきり被災者の方々の冥福《めいふく》を祈って黙禱《もくとう》でもするのかな、と思ったが、まったくそんなことをする気配もなく話は進んでいく。そもそも、黙禱するという行為と株主総会はまったく関係のない二項だろうか、いや、これだけ大震災の影響をもろに受けている株主総会なのだから、黙禱してもいいんじゃないのか、でも、そんなことしたら、お前が迷惑かけておいて自分で黙禱とか言うなよ、と文句言う輩《やから》が出てくるかもしれない、ならわざわざ刺激的なことをするはずないか、などと考えているうちにあいさつは終わってしまった。

驚いたのは、あいさつの終了と同時に前のほうから盛大な拍手が湧いたことだ。そもそも前列のほうは、役員陣が登場するときも、起立して迎える人が多く、「え？　そういうマナーなの？」と私を含め、周囲の人間が一瞬、動揺を覚える行動をしょっぱなから取っていた。それが今度は拍手である。前後の位置関係で捉えると、ちょうど半分から少し後ろという場所に座っている私の周囲では、誰も拍手なんかしないし、足を組んでじっと次の展開を待っているだけである。まさかの身内で前方を固める、という昭和的戦術をこの注目度の高い株主総会でやってくるとは思わなかった。だが、毎年恒例なのであろうそのやり方を、今年も律儀に展開させてくるところが東京電力らしかった。このぬるっとした空調に、前方のガチガチの応援団に、おそらくこの会社には柔軟さという言葉は存在しないのだろう、と開始十分にして、東京電力は見事にその社風を全会場にアピールすることに成功していた。

会長の次に、清水正孝社長（当時）が決算報告の説明を始めた。前段の会長あいさつのときから、すでにヤジが散見されたが、ここで急に後ろから甲高い叫び声が響いた。どうやら満員になった会場に、入れろ入れないでもみ合いになっている模様である。激怒した女性の株主が、係員に向かって「触るんじゃやないわよ！」と叫んでいる。しかし、騒ぎすぎたせいで、座っている株主から「黙れ」とか「出ていけコラァ」と逆に叫ばれる始末である。

この日、株主総会に参加した人数は九千を超えた。そのうち、私がいる第一会場に入れたのは四割程度だったろう。あとからやってきて、第一会場に入れないと不満を訴える株主たちに、私はどちらかと言えば冷たい眼差しを送った。これだけ注目されている株主総会である。会場が満員になるかも、とは容易に予想がつく話だ。入れなかった場合は、別会場でテレビ中継のフォローが当然あるだろうが、実際に東京電力の役員を正面に捉えるのと捉えないのとでは雲泥《うんでい》の差がある。ならば、早く会場に来るしかない。私は当日、いつもどおり朝五時まで仕事をしたが、二時間だけ寝て、八時には家を出て、一時間前の会場到着を目指した。三十分前に到着しても、後ろのほうならまだ座れた。ぎりぎりに来て、ちゃっかりいい場所を取ろうなんて、株主の権利うんぬんの前に、ちゃんちゃら甘いのである。

などと、意地悪く考えている間も、テレビですっかり見慣れた清水社長の淡々とした口調の説明は続いていた。「今期は一兆二千四百七十三億円のマイナス」という言葉に、これだけ損を出しても潰れない会社ってどういう作りなんだろう、と茫漠《ぼうばく》とした感情をもてあそんだ。

いつの間にか、会場の暑さは気にならなくなっていた。

長い長い株主総会は、まだ始まったばかりだった。

＊

オフェンシブな株主総会なのか、ディフェンシブな株主総会なのか、と問われたならば、もちろん東京電力にとって今回はディフェンシブ一辺倒の総会となる。ゆえに、東京電力の発言にはあらゆるところに緩衝材《かんしょうざい》がばらまかれた。「異常に巨大な天災」「史上まれに見る津波」と、自分が受けたダメージには必ず過大に見せるための装飾が加わった。だが、自分がやったことは一転、どれも過小に表現された。たとえば、株主総会の段階で、今回の原発事故で周辺住民に与えた精神的被害に対する賠償額を、東京電力は八百八十億円と見積もった。とてつもない数字なのだが、自分たちが受けた災いを表現するときのように、装飾を平等にほどこすかといったら、それはいっさい見当たらないのだった。その賠償額の大きさに似合う言葉で、東京電力の面々が、自分たちがまき散らした災いを説明してくれた記憶はまるでない。

人は誰しも、怒られたくないと思うものである。怒られるうちが花、などというのは、社会に出て数年の新参者にのみ適用される言葉で、人生怒られないに越したことはない。だが、怒られるしかない状況というものが、ときにはある。私には東京電力が怒られることをおそれる優等生に見えて仕方がなかった。怒られることに慣れていない。怒られることを極度におそれ、怒られる要素を削ることにばかり腐心《ふしん》する。でも、結局のところ怒られるしかないわけで、実際に怒られると、ついぶすっとした表情を見せてしまう。もしくは無表情になる。そのくせ、内面には反骨心がたぎっているのかといえばそうではなく、その正体は非常に卑屈なのだった。

まず、国に対して卑屈だった。質疑の時間に入るにつれ明らかになってきたのは、この会社には自分で判断して動ける余地というものはいっさい残されていない、という気の毒な事実だった。すべては国が指針を作り、それを待ってでないと動けない。しかも、とても卑屈なのは、おそらく内心では、これまで二人三脚の共犯状態で歩んできた国のあからさまな手のひら返しに、はらわたが煮えくり返る思いを抱き、現在の無為無策ぶり、朝令暮改ぶりを心底軽蔑しているくせに、株主からの突っこんだ質問が来たときに限って、国を盾にするのである。国の指針がまだ定まっていないので云々《うんぬん》、というように。

次に法律に対し卑屈である。会長はじめ、株主からの容赦《ようしゃ》ない質問に対し返答する役員の口ぶりは、驚くほど似通っていた。その論の組み立ては、ほぼ同一だった。一段階目で「ただいまのご質問ですが」と内容を要約し、二段階目で必ず「原子力基本法に基づきまして」「国が定めた〜に基づきまして」「〜の勧告に従いまして」とその行動には法律等の根拠があったことを示す。三段階目の本旨の部分では、「結果として」が頻繁《ひんぱん》に使われた。あとは極めて官僚的な揚げ足をとられないしゃべり方、失点を残さない優等生的しゃべり方に終始する。すると不思議なもので、このメソッドを使うと、責任というものが消失してしまう。株主から質問をぶつけられ、その内容が明らかに長年にわたる経営陣の判断ミスが原因と思われるものに対しても、法律に基づき行動し、そこへ思わぬ天災が降りかかり、「結果として」現状に相成った、と抑揚のない調子でだらだらと続けられると、一気に目の前から現実が消えていくのである。東京電力の役員は、常に自分たちが主役になることを嫌がった。隙《すき》あれば、主役の座を国や法律に委ねようとした。株主総会のステージに立ち、自ら主役を名乗っているのに、それはどこまでも滑稽な眺めだった。

　主役になりたがらない彼らは、自分の会社の未来を語るときでさえ卑屈だった。将来的なことは、現状が整理されない限り考える環境にない、と何度も繰り返し主張した。具体的な目標や展望を何も自分の口からは提案できないため、「しっかりやる」という幼稚なフレーズが会長はじめ、社長、副社長らトップの口から頻発した。東京電力はとっくに死に体なのだった。普通の会社なら、一発で潰れるはずの損失額。これから発生する、天文学的な数字になるであろう原発を鎮めるための費用。日々悪化する放射能汚染による、漁業、農業、酪農業等に対する補償費用。自社だけで対応できるものなど何一つとしてない。誰かが死亡証明書を書いてしかるべき身体なのに、そのあとを継ぐのは全員が御免なので、放っておかれている、そんな無惨《むざん》な眺めだった。

時間が経過するにつれ、参加した株主が徐々に理解し始めたのは、この株主総会には何の推進力もなければ、目の前にいる役員の誰もが責任を取るつもりがない、ということだった。しかも、事前に提出された大株主の委任状により、経営陣の提案がその議決権の多数によって保証されている、という事実が議長から報告された。つまり、この場で何を議論しようと結論は決まっていて、株主総会自体が茶番であることが判明したのである。

これにはずっこけた。

じっさいに、この議長の発言があったとき、「何だよそれー」という声とともに、ずっこけモーションを律儀に表現する中高年があちこちに見受けられた。

つくづく不毛であった。

さらに不毛に拍車をかけたのは、経営陣が誰も責任を取ろうとしないので、目に見える責任の取り方を求め、株主の質問が、今後企業年金を受け取るのか、ボーナスをもらうのか、といった極めて近視眼的な、個人の収入の問題に集中し始めたことだ。「恥を知れッ」とヒステリックに叫ぶ株主が次々登場したが、これほど経営陣を楽にする質問はなかっただろう。会社としていちばん与《くみ》しやすいのは、こうした個人の鬱憤《うっぷん》に基づく質問である。さんざんモラル面の問題を株主が熱く語っても、「取締役会で決定されたことなので」という議長の回答で一瞬にて終了してしまう。特に、事前に打ち出されていた「役員報酬の五十パーセントトカット」などは、わざと餌《えさ》として用意していたのではないか、と疑ったくらいだ。ぬるすぎる自己裁断に当然、株主は嚙みつく。おそらく質問時間のトータルは一時間を超えたのではないか。だが、すべては馬耳東風、ただ時間を無駄に浪費しただけだった。

そうではない。彼らがいちばんつらいのは環境に対する道義的な責任を問われることだ。過程に関する質問には、国と法律と手続きを前面に押し出し、あくまでそれに従ってきた自分たちをアピールすることで、責任を消失させつつ回答する術《すべ》を骨の髄まで身につけている。だが、結果に対する責任はちがう。特にこれまで安全だと主張し続けていたことが完全に破綻してしまったことについて、彼らは言い逃れるノウハウを持たない。しかも、過去の否定は自らできない。原発を維持するか否かは、東京電力の意思とは無関係のところで決定するからだ。この質問にだけは、誰もがひたすら謝った。謝るしかなかった。でも、具体的に今後どう行動するのか、過去にどんな責任があったのかは、誰も何も言えないのだった。

彼らは無力だった。株主はもっと無力だった。そこにはとことん現実が存在しなかった。福島で起きている現実は、経営陣にとっての現実ではなかった。彼らにとっての現実はもちろん目の前で開かれている株主総会でもなく、ただひとつ国だけ――、六時間にわたるむなしい茶番の末、私が学んだのはその一点だけだった。

＊

午後四時十分、株主総会は閉会した。

六時間も続いた株主総会の間に、私は二度トイレに立った。

しかし、七十一歳になる議長の勝俣会長は一度も中座しなかった。

さすがに何も食べずに、ひたすら六時間も座っていると頭がぼんやりしてくる。それだけに私が素直に驚嘆したのは、六時間にわたり、ほぼひとりで怒号がやむことのない荒れる株主総会を差配し続けた、勝俣会長の頭脳と胆力だった。

テレビに映るときは常に能面で、謝罪の言葉を言えば言うほど、悪い印象を残してしまうこの人物が、実際はどういう感じなのかを知りたかったことが、株主総会に参加した要因のひとつでもあった。

率直な感想を書くと、決して印象は悪くなかった。

煮ても焼いても食えない悪い感じに、むしろ好感すら覚えた。その本心は絶対に明かさないし、表情からもいっさい読み取れないが、ときどき受け答えにユーモアが感じ取れる瞬間があり、駄菓子屋のじいさんとしてなら、きっと子どもたちに好かれただろうな、とどうでもいい想像すらした。

私が大学卒業後、しばらく勤めていた会社にも会長がいた。会長がいる会社は、会長の色に染まるものである。なぜなら、会長は必要以上に、とてもおそれられる存在だからだ。外部の人間から見たら、ただの老人でも、内部の人間にはさまざまなオーラが付与されて映る。それだけ社員が影響を受けている。それはいい方向に出る場合もあるだろうし、悪い方向に出る場合もある。

悪い方向に出る最たるものが、後継者が育たないことだろう。

六時間の株主総会の間、勝俣会長は完全にひとりで議事をコントロールした。質問を受けつけ、すぐさま担当役員に振り分ける。当てられた役員は起立し、よどみなく回答する。その際、役員を当てる声に迷いがいっさいない。株主側から見て、左に社長、右に副社長が座っていても、一度たりとも相談することがなかった。たとえば国会のように、誰が回答するのが適当か、総理と大臣が相談する、といったシーンがまったく見られなかった。会長とその左右は並列の関係ではなかった。明らかに強烈な直列の関係だった。

だが、この老人が直列の先頭に立つのはやむをえない、と私は次第に思うようになった。

株主の質問に対する回答にしても、他の役員のほとんどが時間の経過とともに意味不明瞭化していく官僚的答弁を駆使するのに対し、勝俣会長はとても正直なわかりやすい言葉で発

言していた。ある株主が、

「これから株を持ち続けることへの希望が欲しい」

と発言したときは、

「今、はっきりと言える希望はない」

とこれまた正直すぎる回答を繰り出し、会場じゅうがどよめいた。

途中から話す内容がこんがらがって、漫談のようになってしまう株主の質問には、ときどき会長も笑っているように遠目に見えた。どんな質問にも、彼は正面に顔を向け、とりあえず逃げることなく回答を引き受けた。六時間のうち五時間半、ずっとうつむいたまま顔も上げようとしなかった清水社長とはエライちがいだった。

福島から来た株主が、現地の被災状況を悲痛な声色で訴える場面でも清水社長は顔を上げなかった。もはや、清水社長は戦うことをやめ、降りてしまっていた。結局、あの大勢いる役員のなかで、戦う気概を見せていたのは会長ひとりだった。会場じゅうから向けられた敵意を一身に受け止め、彼は左右に控える役員を守っていた。東京電力という会社を守っていた。尋常ではないプレッシャーを跳ね返し、糖分の補給もなく、六時間も頭をフル回転させられるのは、確かに「妖怪《ようかい》」なのかもしれなかった。

これから東京電力はとてつもない相手と何十年にわたって戦い続けないといけない。相手は自らが育てた原子力という怪物である。しかし、当分の間、東京電力を率いるのは七十一歳の老人だ。残念なことに、他に戦える人物がいないからである。

しかしそれは、もはや株主ではない私が心配することではないのだろう。百パーセント彼ら自身の問題であり、自らが招いた結果なのだ。

＊

株主総会に出た三日後、東京電力からまた封書が届いた。

「第87回定時株主総会決議ご通知」

と題された薄い紙には、選任された取締役と監査役の名が記され、原子力発電からの撤退を求めた第三号議案については、

「本件は、否決されました。」

と一行で済まされていた。また、同封の紙には「当期末の配当につきましては、無配とさせていただきました。」とも記されていた。私が株を買ったときの目論見《もくろみ》は、すべて泡と消えたわけである。

ふと、今回の株主総会において、株価の暴落によって自分たちの資産が激減したことを嘆

き、未来を失ったと経営陣を恨む発言がほぼ皆無《かいむ》だったことを今さらながら思い出した。どうして、皆そのことを言わなかったのだろう、と考えた。大災害に対するあきらめもあっただろうし、経営陣に言っても仕方ないとする気持ちも強かっただろう。ただ、あの場では誰もが自分の資産よりも大事なものについて考え、何かしら今回の一件に対する答えを求めていたように思う。

はたして、それはあの株主総会で得られたのだろうか。

目の前で回っている十年ぶりに買った扇風機から、ぬるい風が届く。その風がむなしく心の中を抜けていくのを感じながら、私は黙って紙を封に戻した。

マキメマナブの関西考

地下鉄路線めぐり

現在、大阪の地下鉄には全部で八つの路線がある。

路線図を眺め、いろいろ記憶をほじくり返してみたところ、今里筋線以外の七路線に、何かしら乗った経験があることが判明した。

なかでもダントツの利用度を誇るのが、小学校六年間の通学に使った谷町線だ。私は中学校卒業まで、谷町九丁目の住人だった。「谷四・谷六・谷九」という駅の並びには、今も「6－4－3のダブルプレー」なみに心地よい語感を抱いている。

次に使ったのは千日前線だ。中学校へは南海電車で通っていたため、谷九からなんば駅に向かう際に乗った。普段は難波まで自転車だったので、雨の日だけ地下鉄のお世話になった。「雨の御堂筋」ならぬ「雨の千日前筋（その地下）」だったわけだ。

最近は新幹線に乗る機会が増えたため、御堂筋線をよく使う。中央線は海遊館へ、長堀鶴見緑地線は大阪ドームへ遊びにいったときが最後の乗車機会だったろうか。駅を出てしばらく歩くと「ここは本当に大阪か」と妙にふわふわした感覚がつきまとう、そんな不思議な異国感のようなものが、狭い大阪なのに湾に近い西のあたりには漂う。大阪ドームではプロ野球を観戦した。相手チームの名は忘れてしまったが、中村紀洋《のりひろ》のフルスイング弁当を食べたことは覚えている。

四つ橋線はあれだ。西梅田と東梅田という、ともにお尻に「梅田」がついているのをいいことに、谷町線とグルで「何かお互い近そう」と錯覚させ、「なんちゃって梅田」トラップを仕掛けてくるくせ者だ。同様に本町駅での、四つ橋線と御堂筋線による接続トラップもまた、負けず劣らず有名だろう。

「これって接続と言うのかな？　というかひと駅分歩いてないかな？」

という疑心暗鬼《ぎしんあんき》の念を、初めての利用者におしなべて抱かせるこの長距離移動。ちなみに地図で調べてみたところ、本町の接続より、西梅田から東梅田への移動距離のほうがわずかに長かった。

最後に堺筋線であるが、たまに天下茶屋から乗る際、車体の行き先表示板に「河原町駅行き」と書いてあるのがおもしろい。天下茶屋で乗ったのに、うっかりすると京都まで行ってしまうという、あまりに趣きのちがう始点と終点の組み合わせがおもしろい。

ここまで来ると俄然《がぜん》、今里筋線に乗ってコンプリートを果たしたくなってきた。今年の目標に「今里筋線に乗る」を書き加えてもいいくらいだ。しかし今里筋線、どこへ行くとき使えばいいのかな。

戦隊ヒーローとして捉えてみる

昨今、日本のあちらこちらでマスコットキャラクターの活躍がめざましく、なかには「ゆるキャラ」として非常に高い知名度を誇るものもいる。

調べてみたところ、大阪市交通局においても「ＰｉＴａＰａ」をＰＲする「ぴたポン！」、さらには「レインボーファミリー」というトラム・地下鉄・バスを四人家族に擬して、丸っこい絵柄でまとめたキャラクターが活躍中ということが判明した。

どうやら、市営地下鉄に限ったキャラクターはないらしい。私はかねがね、赤いラインカラーでおなじみの御堂筋線が、大阪のど真ん中を通り、一日の乗降客数でもダントツのトップを走る姿からも、戦隊ヒーローものでリーダーを務める赤の役回りにぴったりだと感じてきた。

そこで、せっかくの機会なので、勝手に市営地下鉄の路線でもって、戦隊ヒーローもののキャラクターを作ってみることにする。

先述のとおり、リーダーは御堂筋レッド。稼ぎよし、しゃべりもよし。まさに大阪の顔。好物はぎんなん。秋はポケットに拾ったぎんなんを詰めこんで、まわりにくさいと言われるのが、唯一の欠点。

補佐役にはしずしずと御堂筋線の隣を並行して走っている四つ橋線を、四つ橋ブルーとして配置。クールな面差しの割に、少々性格が悪いところがあり、本町駅において、御堂筋レッドとともに繰り広げる、歩けども歩けども互いのホームにたどりつかぬ、「どんだけ歩くんじゃい、接続トラップ攻撃」がいわずもがなの必殺技。

周囲をなごませる食いしん坊キャラには、紅一点として千日前ピンクを抜擢。その理由は、鶴橋駅にて韓国料理、日本橋駅にて黒門市場、そしてミナミの中心なんば駅と、実に多彩な大阪の食文化を地味に支える千日前線の実力を評価してのことである。女性キャラだが、千日前ピンクだとどうにもいかがわしい響きがつきまとうので、ここは敢《あ》えて、「世界でいちばん好きな雑居ビルは、レジャービル味園」

という、お色気相殺《そうさい》のパーソナルデータを加えよう。

さて、戦隊ものの定石《じょうせき》として、残るメンバーはあと一人か二人。まだ名前が出ていない路線のなかから、どれをピックアップしようか。

ここで登場するは、中央フォレストグリーンである。

緑がシンボルカラーの中央線が、四番目のヒーローとして堂々のエントリーなのだが、何だか築年数古めのマンションのような響きになってしまったことが残念だ。そこへ、彼の双子の弟が隣に加わる。

長堀鶴見緑地イエローグリーン。

イエローグリーンとはきみどりのことである。

路線図をご覧になるとおわかりのように、中央線と長堀鶴見緑地線は双子の兄弟の如く西に向かって流れていく。このグリーン兄弟の必殺技は「グリーングリーン」を歌いながらのX殺法。もちろん、両者の路線が途中でXを描くように交わるところに由来する。しかも、交差する駅は「森ノ宮」。なんと名実ともにグリーンあふれる駅か。これには、書いていて私も驚いた。

さて、ここに戦隊ヒーローものの定型である五人が勢揃いしたわけだが、あとひとつ、足りない路線がある。そう、私のいちばんのお気に入り谷町線だ。かつて谷町九丁目に住み、六年間谷町線に揺られ小学校に通った身として、この路線を外すわけにはいかない。

谷町パープル。

どうにも頭が悪そうな字面《じづら》だが、実はこの戦隊の隠れたボスである。普段は決して姿を現さない。前述の五人が、悪の攻勢を受けてにっちもさっちもいかなくなったとき、谷町パープルの出番がくる。すなわち、リーダーの御堂筋レッドと、ナンバー2の四つ橋ブルーがいきなり液状化したのち、くんずほぐれつ絡み合う。すると、赤と青が混ざって、紫が発色し、谷町パープルが満を持して登場する。しかも、谷町パープルはおばちゃんだ。最強だ。髪の生え際の紫メッシュがボスの証《あかし》である。

かくして、今日も世界の平和を守るこの「5＋1」。いつか本当に出会えたらうれしいな。

あをによし考、のち、あをによし行

私がはじめて平城宮跡の太極殿《だいごくでん》の前に立ったのは、妹の結婚式の日だった。

どうにもスケジュールの都合がつかず、一日で妹の結婚式と平城宮跡探訪との両立を求められた私は、朝五時に起床し、まず大阪の実家から奈良に向かい、そののち午後一時スタートの神戸における妹の結婚式に参列、終了とともに新幹線で東京へ帰還という、四都をまたにかける超強行プランを練り上げた。

そういえばこのとき、午前六時過ぎのＪＲ天王寺駅で、予備校時代の同級生の女性に五年ぶりに再会し、彼女が精神的ＤＶ男だったという旦那と別れたのち、すでに再婚していることを聞かされ、「女ってたくましいなー」と感心したことを今、まさにこれを書きながら思い出した。

駅のコンコースにて、その同級生の女性に、こんな朝っぱらから何をしているのかとうっかり訊ねてしまい、

「何してるって……、仕事やん」

とあきれ顔で返され、「しまった」と臍《ほぞ》を噛んだ。逆に「あんたはどこに行くのか」と訊

ねられ、

「今から近鉄の西大寺《さいだいじ》に行って、そこから歩いて平城宮跡に向かう。朱雀門《すざくもん》とか見てくんねん」

と答えたら、思いきり「お前、アホとちゃうか」という顔をされた。

そうなのである。あの頃、平城宮跡は朝六時に男がひとりで大阪から向かおうとすると、「アホとちゃうか」としか返しようのない土地だったのである。

私が平城宮跡を目指したのは、ちょうど当時執筆中だった『鹿男あをによし』のクライマックスシーンのために、もう一度、現地を確認しておこうと思ったからだ。平城宮跡は地上を走る近鉄奈良線によって、南北に潔く分断されている。それまで私は朱雀門のある南部分だけを何度か訪れていたのだが、地図を見て、実は線路の北側のほうがずっと広大であることを発見し、これは見ておかねばならぬと相成ったわけである。

午前七時に到着した朝の平城宮跡の原っぱは、どこまでも清々《すがすが》しく、東に連なる春日の山がとても美しかった。人はまばらで、朱雀門から北を望むと、防護シートに覆われたまだ建設中の太極殿が小さく小さく控えていた。

線路を渡って北に向かうと、さらに手に負えないほどの原っぱが広がっていた。草をかき分け進むたびに、バッタがあちこちから飛び出してきた。太極殿はなかなか近づいてこず、背中から近鉄線が「ぷわぁん」と気合いを入れて、忙しく人を運んでいくのが聞こえてきた。

真正面に太極殿、真後ろには朱雀門。

まわりに誰もいない原っぱの真ん中で、

「ここを、作品内で千八百年間、続いていた儀式を行う場所にしよう」

とすとんと了解することができた。

どこかで誰かが、クラリネットで「テイク ファイブ」を練習していた。五拍子を刻む、木管楽器特有のまろやかな音色を聞きながら、頭上を仰ぐと、何とも気持ちいい奈良の空が広がっていた。

＊

その後、世に出た『鹿男あをによし』は、テレビドラマにもなったおかげでしこたま売れ、私の名も少しばかり売れることになった。近ごろでは、近所の中学生にピンポンダッシュを図られ、インターホン越しに、「ここ、鹿男の家！」という遠ざかる声を聞くほどである。

試しにこの『鹿男』刊行が、世に与えたささやかな影響を自分なりに考察してみたところ、うぬぼれに過ぎるところもあるが、以下の三点を挙げることができはしないか、という結論を得た。

1　鹿を擬人化しやすくなった。
2　「あをによし」という枕詞を使いやすくなった。
3　名所として朱雀門をアピールしやすくなった。

1については、擬人化した鹿が出てくるＣＭをよく見かけるようになった。また、観光本やポスターにも、必ず鹿がアップで写りこむようになった。要は鹿への親しみが増した。あくまでもこれは私の印象だが、かつての鹿へのイメージといったら、大仏と並ぶ、奈良の絶対的な看板であることは変わりなくても、何とも言えぬマンネリ感がその華奢な身体からにじみ出ていたように思う。あまりに変わり映えなく、そこに居続けることへの倦怠感《けんたいかん》のようなものが、人間の勝手な慣れの問題なのだが、漂っていたように思うのだ。

それが今や、鹿は「かわいいもの」として、躊躇《ちゅうちょ》なくポスターやガイドブックの表紙に登場するようになった。しかも、むかしは「かわいい」とチヤホヤされるのはバンビ時代の小鹿だけと相場が決まっていたのに、「かわいい」の範囲が大人の鹿にまで拡張された。現に、観光用ポスターやパンフレット表紙の鹿はすべて大人の鹿である。これに関しては、テレビドラマが果たした力が非常に強いと思う。手柄はドラマが持っていくべきなのだろうが、私もがんばってストーリーを練ったので、少しはおこぼれにあずかりたい。

2については、枕詞「あをによし」の認知度が格段にアップした。

発刊前の時点で、関西では耳にする機会が多少なりはあっても、それ以外の地域で、日常生活の内にこの単語を聞くことはほぼ皆無だったろう。何せ、担当編集者でさえ、作品の構想とともにタイトルをはじめて伝えたとき、

「え、何ですか、『あをによし』って」

と口にしたほどである。

それでも、この「あをによし」が当時、日本で唯一無二の、現役で活動している「土地にかかる枕詞」だったことは間違いない。たとえば、先ほどの記述を読んで、「編集者なのに、そんなことも知らないなんて！」と憤慨する人はいても、琵琶湖（淡海《あふみ》）の枕詞が「石走《いはばし》る」であることを知らなくて眉をひそめる人はいない。やはり、「あをによし」には、別格の地位が備わっていたのである。

その「あをによし」が、ついに復権した。奈良の観光本を開けても、今や必ず出てくる、

この奇妙なひらがな五文字。これが奈良のキャッチコピーとして意外と使えるのではないか、という気づきのきっかけになったのは、これもまたドラマの影響がほとんどなのだが、私も少し手柄のおこぼれにあずかってもよかないか。

最後に3の「名所としての朱雀門」である。

『鹿男』の表紙にもでかでかと登場するこの朱雀門。当初、私はこれを表紙に持ってくるなど夢にも思っていなかった。

平城宮跡という、何なのかいまいち定かにならぬ場所に突如登場した、この巨大な赤い門に対し、以前の関西の人々が抱いていた率直な印象は、

「何にもないところに、何か変なもんがポツンと建っている」

というかなり消極的なものだったと思う。私も何度か取材にやってきては、「まあ、こんなもの建てて、どないするつもりやろ」と半分、呆れるような思いで見上げていた。

ところが、そんな地元の「どうしようもない」という冷めた視線など、知るよしもない東京在住の担当編集者が、

「これ、奈良っぽくていいじゃないですか」

と何の先入観もなく、大々的に朱雀門を登場させることを決めた。

そして、それは実にしっくりと来た。

ドラマでも、朱雀門は堂々と画面のど真ん中に、何の違和感もなくそびえていた。

現在、さまざまな旅行パンフレット、雑誌等で見かける朱雀門の偉容――「何もないところに、突如アレが出現する違和感を知らない人には、たいへんウケがいい」というその後の展開を、あのときの担当編集者の決断は図らずも予言していたのである。

これに関しては、私はおこぼれにはあずかれない。むしろ、馬鹿にしていてごめんなさい朱雀門、と反省しきりである。

＊

『鹿男』が世に出てから三年が経ち、平城宮跡で「平城遷都一三〇〇年祭」が開催された。いったい、あの何もない原っぱはどうなってしまったのだろうか？　ずいぶん様変わりしたJR奈良駅に降り立った私は、興味津々《しんしん》、平城宮跡への無料送迎バスに乗りこんだ。

ほんの一年前に雑誌の取材で訪れたときには影も形もなかった新設の道を通って、バスは平城宮跡へ。そこにはさらに思いもしない巨大なロータリーが待ち構えていた。

少々、呆然《ぼうぜん》としながらバスから降り立つ。四方には建物が設けられ、大勢の人が行き来し、まるで別世界の趣きである。さらには、リアルせんとくんがいる。思わず顔をしかめるような暑さなのに、ふかふかの肌質に包まれ、来場者に愛敬を振りまいている。おそれいる。

せんとくんの頭には鹿の角がくっついている。無理矢理といってもいい按配《あんばい》で横に伸びている様に、ここにも『鹿男』のイメージのかけらを一瞬、感じるのだが、せんとくんファンに怒られそうなのでこのまま言い逃げしておく。

あの何もなかった原っぱには、ジグザグに道ができていた。長らく防護シートに覆われていた太極殿がむきだしで遠くに見えた。遣唐使船が敷地の端で、コンクリートの海にスタンバイしていた。外から見るとそんなに大きく感じないのだが、いざ甲板に上がるとガッシリかつ広々している。これが中国まで行くにふさわしい大きさなのかどうかはわからない。ただ、淡路島くらいなら軽々行けそうである。

団体客がひっきりなしに訪れる朱雀門をひやかしたのち、近鉄線の踏切を渡って、北側へと向かう。四年前、防護シートの太極殿に向け正面を突っ切りながら、本当にここが日本の中心だったのか、と何だか可笑《おか》しくなってきた原っぱには、ほんの少し足を踏み入れただけで、係員のお姉さんが注意のために寄ってきた。大人しく舗装された道を進むと、何やら音楽とともに派手な服を着た人たちがランランと踊りながらこちらへやってくるのが見えた。

案内パンフレットを見ると、「あをによしパレード」とある。ここでも、見事に復権の

「あをによし」だが、パレードには何とも「たまらん」感じがあった。何が「たまらん」のかしばし考えてみたところ、極彩色の衣装をまとって音楽に合わせ踊るという絵柄が、新興宗教の選挙戦のイメージを彷彿《ほうふつ》とさせるのがたまらん、という相当失礼な結論に至った。しかし、すぐさま、待てよと思った。なぜ、この踊りの風景が新興宗教ぽいのかというと、彼らが描きがちな極楽のイメージと、この天平時代のファッションセンス、特に色彩センスが非常に似通っているからだという点に気がついた。つまり、日本人の持つ「極楽」のイメージとは、今の感覚では少々どぎつい、この極彩色の天平時代王朝文化の名残を多分に引き継いでいるのだ。

不思議な音楽とともに、見る見る遠ざかっていく「あをによしパレード」の面々に手を振り、ひと休憩しようとソフトクリームを頬張っていると、今度はせんとくんが現れた。もはや人界ではないなここは、という諦念《ていねん》にも似た気持ちとともに、並んで写真を撮る。

日照りのなかをふたたび出発するも、太極殿はどこまで歩いてもいっこうに近づいてこない。回廊内に入っても、まだ遠い。ようやくたどり着き、風通しのよい建物内に足を踏み入れたとき、すでに会場に到着してから三時間が経っていた。その位置にかつて聖武《しょうむ》天皇が座っていたこと、その号令ひとつで日本全体が動いたことなど、まったく想像できない高御座《たかみくら》を見上げ、テラスに出た。

はるか遠くに朱雀門が見える。

近鉄線の二階建てなのに四両でしか走らない車両が、のんびりとその手前を横断していく。

かつて私が『鹿男』を描き上げるべく、妹の結婚式の数時間前に訪れた平城宮跡の面影を残すのはその二つくらいで、あとはずいぶん変わってしまった観がある。そもそも、こうやって朱雀門方面を見下ろす建物自体、当時は存在しなかった。小説のなかで登場する場所も、今やみやげ物を扱う建物が建ち、大きなロータリーが楕円《だえん》を描いている。

物語を書くには、タイミングというものがある。

もしも私があと数年、この世に生を享《う》けるのが遅かったならば、『鹿男』という物語は存在しなかっただろう。今の平城宮跡から、あの物語は生まれ得ない。奇妙なほどに何もない原っぱが、ただ茫洋《ぼうよう》と広がっていたからこそ、奇妙な物語を展開する余地があったのだ。もっとも、人間とはいかようにも現実を物語のなかに溶けこませることができる生き物なので、今なら今でまったく別の話が生まれたかもしれないけれど。

太極殿を出て、いつの間にか夕焼けが始まった空の下、帰路につく。

この「平城遷都一三〇〇年祭」が終わったあと、この場所がどのようになるのか私は知らない。むやみにむかしのほうがよかったと言うつもりもないし、今のままがいいと言うつもりもない。そもそもが、今を生きる私たちには、到底太刀打ちできぬ、手にあまる代物《しろもの》だ。いくつもの新しいイメージが流れこみ、この場所をきっかけに奈良の新しい姿が生み出されたとしても、結局は元の「どうしようもない」平城宮跡に戻ってしまう気がする。

だが、それでいいのだと思う。

ここに都ができてから千三百年のうち、千二百年をそうやって、この土地はのんべんだらりと過ごしてきた。

ああ、だからここが好きなのかも、とようやく気づき、ふと頭上を仰ぐと、今日も広い広い奈良の空にぶつかった。

すべての大阪、わたしの大阪

大阪が舞台となる、『プリンセス・トヨトミ』という小説を書き上げてからというもの、めっきり大阪について文章を書いたり、インタビューを受けたりする機会が増えた。

それはそれでありがたいことではあるのだけれど、ときどきこれは答えるのが難しい、と思うこともあって、それはインタビューの質問のなかで、「大阪の人は今もこんなふうに徳川がきらいなのですか?」とか、「大阪の人はみんなこんなふうに豊臣秀吉に熱い思いを抱いているのですか?」というように、単に私が一人勝手に創作の都合上設定したアホなスタンスが、しれっとそのまま大阪の大勢《たいせい》にすり替えられそうな場面にしばしば出くわすときである。

小説を執筆するというのは、どこまでも単独の作業の連続で、「孤独」の代名詞に使われがちな野球のピッチャーだって、結局は一球投げるたびに正面で受け止めてくれるキャッチャーがいて、「下へ下へ」と毎度ジェスチャーとともにあたたかく球を返してくれるわけで、ハッ、そんなの孤独って言いますかね? と思わずやさぐれてしまうほど、なかなかにひとりぼっちな仕事である。

一度書く内容を決めたなら、あとは作家がすべきは、部屋に閉じこもり、一文字一文字原稿用紙のマス目を埋めることだけだ。完成の日まで、ただただひたすら根暗に、自分の内側に向かい合い、描くべき世界を探り続ける。やがて大阪の人間が四百年もの間、誰にも知られずに密かに守り続けてきた物語が浮かび上がってくる。大阪国なるものが出来上がり、次いで大阪国総理大臣が原稿用紙の合間から名乗りを上げ、さらには「大阪全停止」という大事件が勃発《ぼっぱつ》する（改めて書くと、「何じゃ、こりゃ」な内容だが、『プリンセス・トヨトミ』の、おおよそのあらすじである）。

これらのストーリーの底にあるのは、私の大の秀吉びいきの心だ。もはやそれはひいきの引き倒しで、彼の行った無益な朝鮮出兵や、明確な理由もなく千利休や甥の秀次《ひでつぐ》に切腹を命じたことなど、暗君への道を一気に転げ落ちる、どうしようもない晩年の汚点にはあえて目をつぶっての、いいとこ取りだらけの「太閤びいき」だ。

別に私は織田信長だって好きだし、徳川家康も好きだ。信長、秀吉、家康のなかで、もっとも歴史的な流れのなかで評価するのは断然、家康だ。そもそも、家康の江戸幕府が成功しなければ、二百五十年以上続く平和の世のもと、大阪の町人文化がここまでほがらかに花開くことはなかっただろう。もしも反対に豊臣家の天下が続いていたなら、政治の中心であり続けた影響を受け、もっと生臭い、まったく別の文化がこの大阪の地に展開されたはずである。現在の大阪という町の種を植えたのは秀吉でも、それを育てる礎《いしずえ》を築いたのは、間違いなく家康だ。

それでも、である。

頭ではその貢献度の高さ看過できず、とわかっていても、はいそうですか、そりゃどうもサンキューでしたね家康、とならないのが人情というものである。

やはりここで私は、四百年前に起きた出来事を持ち出さざるを得ない。

言うまでもなく、天下をすでに掌握《しょうあく》していた七十三歳の家康が、弱冠二十三歳の若き豊臣秀頼を容赦なく踏みつぶし、豊臣家の存在の痕跡をこの世から根こそぎ消し去ろうとした一件である。

会社でたとえるならば、世のありとあらゆる道理をわきまえ、絶大なる権力を掌握する最強の会長が、新卒一年目のロクに外回りにも出たことのない新入社員を全力で潰しにかかるようなものであろう。

そんなの勝てるわけがない。

もっとも家康も、大坂冬の陣、夏の陣を経て豊臣家を滅亡に追いやった一年後にこの世を去っている。家康にも寿命という、どうしても焦らなくてはいけない決定的理由があったということだ。だが、それにしたって大人げない。

この大坂の陣の一連の出来事を経て、家康はそれまでの堅実で義理堅い、という人格面における貯金を一気に失い、「狸親父《たぬき》」という完全にヒールのレッテルを後世にわたり貼りつけられることになった。その代償は大きすぎるほど大きく、四百年近くが経った今でも、私の心に、「何や、いけ好かんのう徳川」という不快の芽と、「何や、気の毒やのう豊臣」という同情の泉をともに維持させているくらいだ。

ここで前述のインタビューでの話に戻る。

「大阪の人は今もこんなふうに徳川がきらいなのですか?」

とたとえば東京の取材の場で、真面目顔で訊ねられても、そんなこと私にだってわからない。作品はすべて単に私の思いこみでもって書いたものに過ぎない。同様に、

「大阪の人はみんなこんなふうに豊臣秀吉に熱い思いを抱いているのですか?」

という問いかけにも口ごもってしまう。

「いや……、大阪に生まれ育っていても秀吉を好きではない人や、関心のない人なんていくらでもいるでしょうし……」

私の個人的な思い入れが、中央のメディアによって大阪の総意にすり替えられてしまうことへの警戒感が先立ってしまう。

そもそも、私は「大阪城と豊臣家」というセットに対し、決して水平な気持ちを持ち得な

い。

というのも、大阪城の外堀と道路一本を隔てた小学校に六年間通い、日々校庭から大阪城を見上げる子ども時代を送ったからだ。ものごころついた頃から、「大阪城は日本一の城である」という思いこみと、「それを建てた豊臣秀吉、とっても素敵」という憧憬の念を無意識のうちに抱くようになっていた。

子どもの心に刷りこまれたものというのは、思いの外、いつまで経っても当人に影響を与え続けるものである。たとえば、『プリンセス・トヨトミ』のなかで、とても重要な役割を果たす空堀《からほり》商店街を歩くときは今でも、ほんの少しだけ悲しい気持ちになる。

というのも、あれは小学二年生のときだったか、当時、近所に住んでいた私は空堀商店街で売っていた一枚百円のキャベツ焼きを自転車で買いに行く途中、父親から託された千円札をポケットから落としてしまった——その思い出が蘇るからである。小学二年生では、滅多に触れることのない千円札だ。私は家と空堀商店街を何度も自転車で往復し千円札を探した。しかし、どこにも見つからなかった。このときの悲しく、みじめな思い出が、商店街の坂道を歩いていると、いまだささくれのようにかすかな痛みを伴ってぶり返すのである。

人間が生まれ育った街に対し抱く感情というのは、個人的な経験——特に子ども時代の記憶の内容に左右される。同時に、長らく培《つちか》われてきた文化や歴史にも、無意識のうちにたくさんの影響を受ける。ゆえに近頃、私は東京で受けるインタビューの席でこう答えている。

「どれくらい自分が大阪の人々と共有した認識を持っているのかどうか、正直なところわかりません。でも、ごくごく平凡に大阪で生まれ育った一個の男が、特に意識もせず、周囲と相談もせず、自然に『プリンセス・トヨトミ』という話を書こうと思った。そのこと自体が、大阪の気風というものを反映しているのではないでしょうか。まあ、あくまでアホなお話なわけですが、本当にこんなことが起きたなら最高にカッコいいやないかと真面目に思うわけです。いや、大阪の人たちならやりますよ。なぜなら彼ら、彼女らは世界で一番、アホなことを真面目な顔でやってのける人々だからです」

ザ・万字固め

平成便利考

便利とは何かということについて、世紀をまたいで考える。

高校の時分、「休校なのに登校」という痛恨のミスを犯したことがあった。台風が過ぎ去ったばかりの朝に、いつもどおり学校へ向かうと、最寄り駅の様子がおかしい。電車から降りる生徒の数も少なければ、なぜか反対のホームに突っ立っている生徒の姿も見える。話を聞くと、洪水警報だか暴風警報だかが発令中で、学校が休みなのだという。

普段に比して、明らかに閑散《かんさん》としているホームの階段を上り、とぼとぼと反対側のホームへと向かった。運ばれてきたばかりの線路を戻る電車を待ちながら、家と学校との往復にかかるこの二時間、本当は今もぐっすりベッドのなかで眠って過ごせたのだ――、と考えただけで、身もだえするほどたまらん思いがした。私は朝が苦手だった。高校の三年間、ぎりぎりの時間まで布団にくるまりながら、「このまま五十年間、寝続けさせてくれ」となぜか、きっかり半世紀を時間指定して、いつも願《がん》をかけていた記憶がある。

それだけに、せっかくの二時間をあたら無駄に起きて過ごしてしまったことを、私は歯がみしたいほどくやしく感じた。我が家は朝食の際、テレビを観る習慣がなかった。台風も過ぎ去り、雨もとうにやんでいるので、警報の可能性などかけらも考えることなく家を出た。結果、このザマとなったわけである。

では、どうしたら、失敗を回避できたのか。考えるまでもなく、答えはひとつしかない。テレビを観ることである。もしくはラジオを聴くこと。当時、リアルタイムの情報源といったら、このふたつがすべてだった。ざっと二十年前のことである。家にパソコンもなければ、携帯電話もない。そもそもインターネットというものがまだ存在していない。「アマゾン」と言ったら、仮面ライダーのうろこっぽいやつのことだった。

もしも、あの時代に現在の機能を備えたパソコンが、いや携帯電話が一台でもあったなら、私はきっと無為なあの二時間を過ごさずに済んだだろう。友人から「今日は休みだってよー」というメールが一本くらいは届き、私は制服に腕を通す動きをハタと止める。科学技術の進歩がもたらした便利は、私の二時間を軽々と救い、その後、嬉々《きき》として二度寝の世界に舞い戻ったはずなのだ。

それからときは経ち、世紀の変わり目をまたぎ、今、私の前には一台のノートパソコンが置いてある。

かたかたと文字を打ちこむだけで、世界中の情報が舞いこんでくる。そういうものがあるのか知らないが、その気になれば、今、リトアニア国内に発令されている警報・注意報の有無だって検索することができる。学校に行く必要がなくなったので実践は無理だが、「休校なのに登校」なんて無様《ぶざま》な真似は二度としないだろう。実際に、遠くまで足を運び外食を試みるも、店の前で「うあ、休み」とうめく機会は激減した。事前に定休日を調べてから赴くようになったからである（P49の「松葉」もネットでチェックした。当時は定休日なしと書いてあった）。

いったい、私はこのパソコンを得たことで、どれほどの便利を享受するに至っただろう。むかしは家で食べたいときは自ら店頭に赴き、お土産を持ち帰るほかなかった美々卯《みみう》のうどんすきだって、今や通販で五分で注文できてしまう。まったく、二十世紀のみぎりには想像だにできなかったことですよなあ——、とつぶやきつつ、私は机に置いてあったPSPなる携帯ゲーム機を手に取る。新しく買ってきたゲームをちょっとやってみよう、と電源を入れると、

「ソフトウェアを更新してください」

という表示が画面に現れた。

最近のゲーム機というのは、よほど複雑にできているらしく、両手に収まる機体のくせにときどき本体ソフトウェアの更新を求めてくる。更新をしないと、新しく発売されたゲームが動かないので、こちらもお付き合いするしかない。でも、どうやるんだったっけ、とその

やり方を完全に忘れていた私は、当然目の前のパソコンですぐさま検索をかけた。

便利な世の中である。あっという間に解決法が提示される。いくつかある更新方法のうち、一歩もイスから立ち上がらずにできるやり方を私は選択する。すなわち、PSPに入っている薄いカードをノートパソコンに差しこみ、それによりソフトウェアの最新データを取りこむという手だ。

私はさっそく、PSPから小指の先ほどの大きさしかない薄っぺらなカードを抜き取り、ノートパソコンの側面にある差しこみ口に押しこんだ。

そのとき、妙な注意書きが見えた。

差しこみ口に貼ってあるシールに、今まさに押し入れようとしているカードについて名指しで、「必ず専用アダプタを装着してから入れてください」と書かれていたのである。

私はその「必ず専用アダプタを装着してから入れてください」という記述を読みながら、ゆっくりとカードを押しこんだ。目と手は神経で直接つながっていない。目の情報をまず脳が処理し、それから脳が手に命令を下す。そのタイムラグをはからずも実感した、などと分析している場合ではない。はっと我に返ったときには、カードを全部押しこんでいた。

私はしばし動きを止め、差しこみ口を見つめた。もちろん、注意書きにある専用アダプタなどつけていない。だが、見たところ何ら問題なく差しこまれている様子である。

よくわからないが、ひとまず取り出してみよう、と差しこみ口に指を当てたとき、私はようやく事態を呑みこんだ。

カードが出てこない。

普通なら、この状態でいったん押しこむと反動でカードが戻ってくるものだが、まったく手応えがない。どうやら、専用アダプタなるものをつけていないため、差しこみ口の大きさとカードが合致せず、そのますっぽりカードが奥まで入りこんでしまったらしい。

落ち着け――、落ち着け。

私は心のなかで繰り返した。これは別に大したこっちゃない。たかが、薄っぺらいプラスチックが狭いところに潜りこんだだけだ。何とでもなるさ――。

差しこみ口とカードの間に爪を入れ、引き戻そうとした。動かない。

耳かきを持ってきて、引き戻そうとした。動かない。

ピンセットを持ってきて、抜き取ろうとした。カードの上下を挟もうと試みたら、逆にいっそう奥に逃げる結果になってしまった。それからはまったくびくともしなくなった。

ここにきて、私は思っていたよりも状況がずっと悪いことをようやく認識した。

そのとき、自分が立ち向かっている相手がノートパソコンであることを思い出した。ノートパソコンの問題なら、ノートパソコンに訊ねればよいではないか。私はPSPに入っていたカードの名前のあとに「取り出せない」と試しに入れてみた。

するとどうだろう。

日本全国津々浦々から報告された類似体験が、ずらずらずらと検索結果に現れたではないか。

やはり、誰もが通る道なのだと、妙な連帯感、安心感を抱きながら、私は解決法を求め、それぞれの記載に目を通した。

私の顔は徐々にこわばり始めた。

相手はたかだか厚さ二ミリ、大きさは小指の爪を引き延ばした程度のプラスチック片だ。にもかかわらず、それを簡単に取り出す術がないらしい。何をやっても駄目で、修理に出したら結構な値段を取られた、というおそろしい体験例に顔が引きつる。いっそのこと、自分でパソコンを分解したほうが早いのではないか、と思ったが、パソコン自体が壊れたら元も子もない。

いつの間にか、パソコンの前でうなだれる私の前に、ついに一件の解決例が登場した。爪楊枝の先に瞬間接着剤をつけて、カードと連結させて引き抜く、というものだ。だが、我が家に瞬間接着剤などない。

さらにもう一件、解決法を発見した。カッターの刃に両面テープを貼って、それを隙間に差しこみ、カードに接着させて引き抜けという。なるほど、こちらのほうが成功率が高そうな気がする。されど、家に両面テープがない。

やはり、ここは便利の結晶、コンビニに行くべきなのか。しかし、現在の時刻は深夜の三時。そもそも、瞬間接着剤やら、両面テープやらをコンビニで売っているか、などと考えると、イスから尻を上げる気が起こらない。ならば、さっさとあきらめて、解決は明日に持ち越せばいいのだが、駄目とわかっている耳かきやらピンセットをまたぞろ持ち出し粘ろうとする。挙げ句が、お気に入りだった耳かきの先端を、力をこめすぎて折ってしまった。

まるで引きちぎられたような無惨《むざん》な断面をさらす耳かきを前に、とうとう私は降参した。ああ、寝よ寝よ、とようやく重い腰を上げた。そのとき、ふと文具ケースのなかに、あるものを発見した。セロハンテープである。私はおもむろにセロハンテープに手を伸ばし、その先端を三センチほど切り取った。それを差しこみ口のカードとの隙間にそうっと入れた。さらにピンセットの片側だけ使って、接着面を上からカードに押しつけた。

息を止めて、そろりと引き抜いた。

カードが音もなく、差しこみ口から出てきた。はふっ、と大きな息を吐いて、カードを指で一気に引き抜いた。ようやく生還した、小さすぎる人質をぎゅうと抱きしめた。

すべてが解決したとき、問題発生からゆうに二時間が経過していた。

世紀をまたぎ、改めて便利とは、と私は問う。

もしも、インターネットやパソコンという便利があったなら、二十世紀を生きる高校生の私は、台風後の警報が人知れず発令されていたあの朝にうっかり登校し、大事な二時間を失うことはなかったはずだ。

逆に、それらの便利がこの世に存在しなかったなら、うっかり差しこんでしまった薄っぺらなプラスチック片の救出に、二十一世紀を生きる私が延々と深夜の二時間を費やす、そのトラブル自体が発生しなかっただろう。

ここに来て、ようやく私は答えを得る。

問題は便利の有無ではない。その前に横たわるうっかりの有無である。つまり、どれほど便利が発達しようとも、人間のうっかりを超越することはない。どんなに科学技術が進歩しても、人間のうっかりに勝つことは永遠にできないのだ——。

世紀をまたいだこの発見を、私はどこまでもしかめ面で、あなたにお伝えしたい。

少年時代

遠投げについて記す。

これまで遠投げについて、詳しく紹介した文章というものはこの世に存在しなかったと思う。これからも存在しないと思う。つまり、最初で最後の遠投げについての記載がこの項になる。

遠投げは「とおなげ」と読む。実際の発音は「とーなげ」になる。発音のありかは、「とーな」が同じ音で、「げ」だけが半音上がる。

通常、遠投げに関わる人間には四年が用意されている。決まって、四年。なぜ、四年で区切られるかというと、遠投げというものが、その場所でしか行われないからである。そして、どんな人間も四年が経つとその場所を去る。その後、二度と遠投げをすることはない。

雨の日に遠投げはできない。風が強すぎる日にも遠投げはできない。

遠投げに必要なものはボール一個。

学校の給品部で売っているゴムボール、それだけである。

そのゴムボール一個に、少年たちは小さな肩のすべてをかけた。

少年時代、私は校庭で野球をしなかった。サッカーもしなかった。バスケットボールもしなかった。

ただ、遠投げをした。

＊

私がはじめて遠投げの場に立ったのは、九歳のときだ。

学校には「大きな校庭」と、その三分の一ほどの広さである「中庭」と呼ばれるスペースがあり、三年生になるまで、一、二年生は「中庭」のみで遊び、「大きな校庭」に出ることを禁止されていた。

「大きな校庭」では、いつも不思議な遊びが行われていた。

数人ずつがグループをつくり、本来なら野球で使うような大きさのゴムボールを投げ合う。まず片方のグループのひとりが、遠くを目がけ、高々とボールを投げる。すると、もう片方のグループが落下地点にて待ち受け、ひとりがボールをキャッチする。キャッチした少年は、数歩助走をつけ、相手に投げ返す。延々、それを繰り返している。

休み時間、「大きな校庭」の脇をたまさか通ると、優雅な弧を描き、いくつものボールが空を飛び交っていた。それは単なるグループ同士のキャッチボールではなかった。明らかに何かしら統一したルールに基づいての戦いだった。だが、二年生がその秘密に触れることは許されなかった。あの中央に棒が引かれ、上と下に数字が記されたものが「分数」と呼ばれることは知っていても、それを自分たちが理解するのはまだまだ先だろう、と本能的に感じるのと同じく、目に見えぬ壁がそこには存在した。「大きな校庭」の隅に建つ巨大な複合遊具や、半径の長いブランコ、中庭にあるものの倍の距離があるうんてい――、それらの施設同様、自分たちにはまだ触れる資格のない遊びだと、誰もが自然に了解していた。

しかしある日、上級生に兄弟がいるクラスメイトから、ふと秘密のきれはしを伝えられることもある。

たとえば、あの遊びの呼び名は「遠投げ」と言うらしい――、というように。

＊

三年生になり、とうとう私は「大きな校庭」に立った。

秘密のヴェールに覆われていた遠投げのルールは、瞬く間に、少年たちに伝播《でんぱ》していった。

私は両手を組む。

肘《ひじ》を上げ、手のひらの部分が正面に向くよう肘ごと左右に開く。

二十五歩。

親指、人差し指、中指の三本で、ボールの握り方そのままに宙に突き出す。

三十五歩。

両手首を交差させ、はさみのようにつかむ。

十五歩。

五本指と手のひら全体、要は片手だけ使う。

五歩。

チューリップの花弁のように、両手を合わせて使う。

三歩。

ボールのキャッチの仕方と歩数。遠投げに隠された秘密はたったそれだけだった。

それさえ覚えたら、誰もが遠投げをする権利を得た。さっそく三年生は、上級生たちと校庭の場所を分け合い遠投げを始めた。三人か四人がひとつの組となり、互いに距離を取って向かい合う。あとは小さなゴムボールをめいっぱい投げるのみである。

空へと放たれたボールが落ちてくる。それを、両手を組み、手のひらの部分を正面に向け、キャッチャーミットを自分で作るような格好で受ける。

もしも落とさずに、見事手のひらにすっぽりとボールが収まったときは二十五歩だ。少年はボールを手に、意気揚々と二十五歩、前方に駆ける。ぐんぐん、校庭の端に建つ校舎の壁面が近づいてくる。二十五歩きっかりの助走とともに、少年はボールを放つ。至近から投げられたボールは、相手の頭上を越え、校舎の壁面にポンとぶつかる。

これでひとつの勝ちが決まる。

特に呼び方はなかったが、一ポイント獲得といったところか。

遠投げの正体とは、校庭の端の建造物、すなわち片や校舎の壁、片やプールのフェンスに、どれだけボールをぶつけるかを競う球技だった。

とはいえ、校庭の端から端まではそこそこ距離がある。少し肩がよいくらいでは、ボールもまったく届かない。そこで、先に記述した受けの形とその歩数が登場する。相手が放ったフライのボールを、ノーバウンドでキャッチする。三歩、五歩、十五歩、二十五歩、三十五歩——、受け方に応じて助走が許される。もちろん、キャッチミスをしたときはゼロ歩。ロストしたボールを拾い上げた場所から返球しなくてはならない。

野球のピッチングと同じく、親指、人差し指、中指の三本でゴムボールを握り、相手方の少年が渾身の力をこめて投げる。

ボールが空に弧を描く。

素早く落下点にスタンバイした私は、同じく三本の指だけを使ってボールをキャッチする。この滅多に成功することのない受け方を成し遂げた瞬間、私に三十五歩の助走権利が与えられる。

仲間たちの歓声を浴び、私は大声で数を叫びながら一気に三十五歩進む。校庭の端が目の前に近づいてくる。私はゆうゆうとプールフェンスにボールを叩きつけ、ガッツポーズとともに仲間の元へと帰還する。

＊

あの「大きな校庭」にて、ともに遠投げに励んだ少年だった頃の彼らを思い出すとき、その顔や、声や、走り方といった記憶といっしょに、今でも各人の投球フォームが自然と脳裏に再現される。

それくらい私たちはひたすらゴムボールを投げ続け、妙な手の形をつくって受け続けた。

ときには隣のクラスの連中と対外試合も行った。

クラスを代表する気概を背負い、四人ばかりが隣クラスの同数と対決する。とにかく負けたくないという気持ちがせめぎ合う。本来、遠投げとは紳士的な競技だ。あえて正面に位置する相手に向かって球を放つのが遠投げの真髄だ。キャッチされる可能性があるとわかっていても、正々堂々、相手の頭上を越えることを願って正面にボールを投擲《とうてき》する。

しかし、クラス対抗という常ならぬ環境が、ときに少年たちを感情的にさせる。一方的に負けがこみ始めると、負け組がやけくそになって誰もいないあさっての方向へボールを放り投げ、それを勝ち組に追いかけさせるという恒例の事態が勃発する。変化せずに正面から立ち会おうじゃないか、という不文律はどこへやら、さんざん走らされてボールに追いついた勝ち組の少年たちも、それ報復とばかりに、いちばん遠い校庭の端を狙って高々とボールを放り投げる。あとは、仁義なき乱闘ならぬ、乱球の時間が、昼休み終了を告げるチャイムが鳴るまで繰り広げられる。二度とてめえたちとなんかやるか、と交流試合は悲惨な結末を迎える。

しかし、いがみ合いばかりではない。

他クラスから、突如、新しい風が吹いてくることもある。

ある日、隣のクラスのTが「二枚刃」を使う、という噂が少年たちの間を駆け巡った。以前から、遠投げ界における実力者として知られていたTが魔球を完成させ、そこに「二枚刃」という触れたら怪我せざるを得ない名前をつけたのだという。

さっそく、少年たちはTに交流試合を申しこんだ。

「雨が降った次の日なら、やってもええで」

謎の条件を提示し、Tは少年たちの申し出を受け入れた。

それから、雨が降った。

雨上がりの昼休み、Tとの対戦が実現した。

校庭には、ところどころ水たまりが残っていた。対決には、Tが持参したゴムの弾力性が高いボールが使われた。

Tの「二枚刃」をはじめて見たときの驚きは今も忘れられない。

もともと、サイドスロー気味の投球方法をとるTだったが、低い弾道で向かってきたボールに、誰もが「ああ、これは手前に落ちるな」と落下点を予想し、守備位置を前に移したとき、いきなり球がホップして、少年たちの頭上を越えていったのである。

ころころと後方に転がっていくボールを誰もが唖然《あぜん》としながら見送った。これによって一気に相手に陣地を詰められ、ボールを拾ったところから返球しても、軽々Tにキャッチされ、数歩の助走をつけてふたたび「二枚刃」。またもやボールは途中で急に浮き上がり、楽々とフェンスにぶつかって跳ね返り、相手のポイントと相成ったのである。

もはや試合どころではなかった。少年たちはTの元へ走り、どうやって「二枚刃」をするのか教えを乞《こ》うた。

Tはけろりとその秘密を教えてくれた。

「水をつけて、サイドスローで投げんねん」

たった、それだけだった。

その言葉どおり、Tは自分が投げたあと、昨日の雨が置いていった水たまりに毎度手を浸《ひた》し、「二枚刃」の準備を万全にしていたのである。さらには、やわらかいゴムの質のボールのほうが、ホップ具合が増すという、心憎いまでのTの研究成果もついでに披露された。

かくして、空前の「二枚刃」ブームが訪れた。

全員がいっせいにサイドスローに転向した。

水たまりのある日には、誰もが泥水にボールを浸してから投球姿勢に入った。晴れている日には、投球ポイントを地面に靴で印をつけ、いったん水飲み場の水道まで走り、わざわざボールを湿らせてから戻って投げる、といった光景まで見られるようになった。

しかし、人の心はうつろいやすいもの。流行はいつしか廃《すた》れゆく。

最大の理由は、少年たちが「二枚刃」の弾道に慣れてしまったことにある。守備の対応が練られたことで、他のボールと同じようにキャッチが可能となり、結果、毎度ボールを水に浸ける作業が、ただの面倒ごとになってしまったのである。

校庭にオーバースローが帰ってきた。

雨の降った翌日、ときどき誰かが思い出したように水たまりにボールを浸けて投げることがあった。しかし、ひさびさの「二枚刃」投法に指がついていかず、投げようとした瞬間、ボールが滑って足元にぽとりと落下、あろうことかそれで投球終了と見なされ、一気に相手が落ちたボールを拾いにくる——、そんな風景とともに、「二枚刃」の時代は終焉《しゅうえん》を迎えたのだった。

＊

少年たちは遠投げを愛した。

そもそも、なぜ少年たちの小学校で遠投げがこれほどまで流行ったのかというと、校庭ではバットを使った野球は禁止、サッカーも禁止という学校の制限があったからである。ゆえに少年たちは、創意工夫を凝らし遠投げという球技を編み出した。たまさか、私の父親も同じ小学校を卒業しているが、驚くことに半世紀以上前に在籍していた父親の時代にも遠投げらしきものが存在していたらしい。それほど、長く愛されていた遠投げだったが、はたして、遠投げ自体が少年たちを愛していたのかどうかははなはだ疑わしい。

遠投げに使用するゴムボールはとても軽い。

それを少年たちは日々、全力で投げ続けた。小学三年生では、まだボールの飛距離も伸びず、肩への負担も小さい。しかし、小学四年生になると、急に飛距離が伸びる。全身を使った投げ方をそれぞれが編み出すことで、腕の振りの大きさ、それにともなうボールの速さが飛び具合が格段にスケールを増す。しかし、ボールの重さは変わらない。

同じクラスにYがいた。

私はYのなめらかで、かつ敏捷《びんしょう》な一連の投球フォームから放たれるボールを見るのが好きだった。

小学四年の半ば、そんなYの球筋が急に弱くなった。

めっきり長距離の球を投げず、中距離もしくはゴロばかりで攻めてくるようになった。あるとき、Yが夏休みに病院に行ったという話を聞いた。肘を痛めたから、担任から遠投げは控えるようにと言われているらしい、と教えられても、私はそれが何を意味するのか理解できなかった。単に大きなかさぶたのできた擦り傷が、時間が経ったら元に戻るような話と同じと思っていた。

でも現実は、遠投げを始めて一年と少しで、Yは肘を壊したのだった。まだYは十歳だった。その後、二度とYの強肩は戻らなかった。

軽いボールを投げ続けることで、自分たちの肩や肘が消耗しているなんて、誰も気づかなかったし、想像すらしなかった。遠投げを始めて二年、私にも異変が訪れた。小学五年を迎える春休み、何だかむずむずするような痛みが肩の内側で蠢《うごめ》いて、なかなか消えなかった。それでも、シーズンが始まり、遠投げが再開されると痛みのことも忘れ、私はまた全力でボールを投げ続ける日々に没入した。

やせっぽっちな体格の割に、私は肩が強かった。だが、次第に自分のイメージと現実が重ならなくなっていることに私は気づいた。このタイミングで、この角度で球を離したなら、もっと遠くまで飛ぶはずなのに、期待する弾道を描いてくれない。学年も上がり、筋力も上がり、ボールの飛距離は伸びるはずなのにそれが実感できない。むしろ、去年のほうがずっと伸びるようにボールが弧を描いていたような気がする――、そう感じるときはあっても、それを確認する手段はなかった。それに私は依然として、仲間うちで肩が強かった。悲観的になる材料はどこにも見当たらなかったのである。

すべてが明らかになったのは、小学校六年生の三学期に入ってからのことだ。中学校に進学し、皆がばらばらになるとこの奇妙な遊びともお別れになる。その前に、クラスで遠投げキングを選ぼうという話が持ち上がったのである。

普段は団体戦で行う遠投げだが、キングを選ぶのが目的ゆえ、個人トーナメント戦で勝ち上がったひとりに遠投げキングの称号が与えられることになった。

私の初戦の対戦相手はHだった。

ひそかに優勝を狙っていた私にとって、Hは与しやすい相手に映った。運動神経はよいが、Hは普段いっさい遠投げをやらない。遠投げのルールは知っていても、キャッチング技術に雲泥《うんでい》の差があろう。私は先達としての余裕さえ抱きながら、Hとの一対一の対決に挑んだ。

結果は圧倒的だった。

私の完敗だった。

私は一度もHの背後にそびえる校舎の壁にボールを届かせることができず、逆にHのボールが幾度となく私の背後のプールフェンスを叩いた。キャッチングもくそもなかった。Hの投げるボールは、私が普段競い合う遠投げの常識を超えた伸びを見せ、軽々と私の頭の上を越えていったのである。

それに対し、私の投球はすべてHの守備範囲内にあった。経験の差をいっさい見せつけることができないまま、私はただ相手の肩の強さにやられ、クラスのおおかたの予想を裏切り、あっさり一回戦で姿を消した。

毎日、遠投げをしていた面々も同じ結末を迎えていた。全員が為すすべなく敗退していた。四年間、ひたすら遠投げを続け、少年たちの肩はすでにすっかり壊れてしまっていたのである。私は単に壊れた面々のなかで、相対的な肩の強さを維持していただけだったのだ。

現実は正直だった。これまで肩をいっさい使わずに温存していた連中が、何の工夫もなく素直に勝ち抜いていった。トーナメントに優勝したMは、その後、昼休みの遠投げにときどき加わるようになったが、その球は誰よりも飛んだ。ぎこちない投球フォームにもかかわらず、低い弾道にもかかわらず、少年たちの頭の上を幾度となく越えていった。誰もMに勝てなかった。少年たちの伸びしろは、もう一ミリだって残っていなかったのである。

それから数カ月後、私は中学生になった。

中学校のグラウンドにて、昼休みにたまたまゴムボールでキャッチボールをすることがあり、私はひさびさに遠投を試みた。投げた瞬間、右手に痺《しび》れが走った。ボールは思っていた半分も飛ばなかった。たった一球しか投げなかったのに、昼休みが終わるまで右肩から痛みが消えなかった。私は今もオーバースローで、まともに投げることができない。

私は遠投げに小さな右肩を捧げた。誰もそのことを口にはしなかったが、あの小学校にいた多くの少年たちが同じ道筋をたどったはずだ。別に後悔はないし、遠投げが有害と言うつもりもない。今も存在しているのかどうかも知らないし、ずっと続いてほしいとも思わない。

ただ、こんな妙ちきりんな遊びがこの世に存在していた、案外楽しい遊びだった、そのことを少し書き留めたかっただけなのだ。

歴史的な私

歴史的という言葉について、近頃よく考えている。

何をもって歴史的と捉えるか。まず、そこからして難しい。

たとえば、私は高校一年生の夏に、長らく憧れだった「全国高等学校クイズ選手権」に応募し、勇んで神戸は六甲アイランドで行われた予選に参加した。三人揃いのダサいTシャツを着こみ、トメさん（福留功男《ふくとめのりお》アナ）の登場を心待ちにしていたら、いきなり壇上に、

「ファイアー！」

の絶叫とともに、何やら白っちい若い男が現れたときの衝撃は今もって忘れられない。それはすなわち、一年前の大会で福留アナが知らぬうちに番組を引退し、二代目総合司会として福澤朗《あきら》アナが華々しくデビューした瞬間だったわけだが、彼の登場を迎えた会場の高校生たちの、

「これじゃない」

というどこまでも正直な反応、それに対する一方的な「ファイアー」の連呼、なんだかんだで強引に第一問に突入する大人の力業――、何もかもが混沌とした真夏の白日夢のなか、

世間一般の見方はおいて、そのとき私は間違いなく、今も続く「全国高等学校クイズ選手権」の長い物語における、歴史的場面に居合わせていた。

ちなみに、私たち三人は最初のステージで繰り広げられた○×クイズの二問目だか、三問目だかで脱落した。その問題は、

「竜巻は、北半球では右巻き、南半球では左巻きに回転しながら動く。○か×か？」

というものだった。いったいクイズって何なんだろう、と出題から二十年が経って根源的なところを深く考えさせられる二択であるが、クイズの話はほどほどに本題に戻ろう。

そう、歴史的という言葉についてである。

まず、その言葉は何やら厳粛な響きを持っている。

そうそう安く使ってはいけない雰囲気を醸《かも》し出している。

一方で印象深い出来事があったなら、カッコよく添えて使ってみたくなる不思議な魅力も有している。最近は多分に装飾的な意味合いを帯び始めているようで、オリンピックやサッカーの世界大会のニュースなどでよく耳にする「歴史的一勝」などは、典型的な使い方だろう。もはや、その意味合いは「これまで勝利が難しかった種目、もしくはトーナメント途上での単なる一勝」でしかないのだが、世間のほうも、少し表現を盛ってでも、皆が気分がよくなるなら別に構わないじゃないか、と大げさな表現に寛容であるように思う。確かに、言

葉は人に使われてなんぼ、使い途《みち》も都合よく変わっていく。私だって最初に挙げた「歴史的」にまつわる思い出が、「全国高等学校クイズ選手権」なのだから、何も言う資格がない。

もっとも、いざ己の半生を振り返ってみても、思いの外、直接に経験した歴史的な出来事なんて見つからないものである。記憶の隅から無理矢理ひねり出してきても、せいぜい、ドラゴンクエストⅢの発売日に難波のおもちゃ屋から延々と続いている行列を見たとか、竹下内閣が消費税三パーセントの導入を決め、明日からいよいよ施行されるという日にトイレット・ペーパーを買ったとか、近鉄バッファローズがリーグ優勝をしたときに、上本町にある近鉄百貨店一階のテレビでその瞬間を観戦し、小さなテレビを何百人ものおっさんが囲んでいてまるで戦後の街頭テレビの熱気そのものだったとか――、どれも小粒なものばかり。

もちろん、映像を通じてなら、冷戦崩壊だって、長嶋茂雄が「カール、カール!」と世界陸上で連呼するシーンだって、オウム事件だって、岡野雅行がジョホール・バルでVゴールを叩きこむところだって、9・11のテロだってリアルタイムで遭遇してきた。いずれも、それぞれの分野で今も極めて大きな意味を持つ、まさしく歴史的な価値を持つ出来事、あるいは事件だ。だが、声高にその瞬間に居合わせた、と主張するのには躊躇いがある。たかだか私はテレビの前に座り、好き勝手に喜怒哀楽を解放している、いち傍観者に過ぎなかったからだ。

そう思うと、教科書に載るような、巨大な歴史的な転換点に一度も直に触れる機会がなかったことが、少々さびしく感じられてくる。大学生の時分は、そのことを真剣に地団駄踏んで残念がったものだった。平和な時代に生まれ、その果実を呆けるほど味わって育ったにもかかわらず、就職活動の合間に司馬遼太郎あたりの歴史小説を読み耽り、

「ハア、何で自分はこのような血湧き肉躍る激動の時代に生まれなかったのかな」

と作品のなかで展開される壮大なロマンと平凡極まりない毎日とを比して、ひとり嘆じたものだった。もしも、幕末の争乱期に自分が二十二歳の武士だったなら、こんな将来に対し、すっからかんな気持ちをもてあそぶことは万に一つもなかったろう。虚偽と欺瞞《ぎまん》に満ちたエントリーシートの存在など当然知らず、自然と湧き出てくる明確な人生の目標に向かって、燃えるような毎日を送ることができたはず——、などと英雄たちが縦横無尽《じゅうおうむじん》に駆け巡ったかつての時代に大いに憧れた。翻って、すでに完成され、己が入りこむ隙間などどこにもない（ように見えた）、定型化され、固定化された退屈な社会に生まれ育ったことを激しく呪った。今となっては懐かしき若さのマーチが、当時はズンタカズンタカと荒々しく私の胸の内で鳴り渡っていた。

ところが、である。

近ごろ、私はある重大な事実を発見した。

それは「歴史的な転換点に一度も直に触れる機会がなかった」というのは真っ赤なウソで、実はそのど真ん中に長らく立っていた——、という、かつての嘆きを根こそぎへし折る、衝撃的な事実だった。

きっかけは、先日あるイベントにお邪魔したとき、たまさか今ノリにノッている、おもに携帯端末でソーシャルゲームを配信している会社の社長と同じエレベーターに乗りこんだことにあった。私は社長の貫禄ある風情をちらちらと盗み見しながら、「自分よりも三つ、四つ年上かなあ」と勝手に目星をつけていた。いやらしい話だが、家に帰り、パソコンでさっそく調べてみたところ、何と社長は私よりもひとつ年下だった。個人資産は一千億円を超えるらしかった。妙に薄暗い気分になりながら、社長の紹介文を読んでいると、

「ナナロク世代」

という単語にぶつかった。

何じゃいな、とその文字をクリックしたら、詳しい説明が画面に現れた。

それによるとナナロク世代とは、一九七六年前後に生まれたネット起業家やエンジニアを指すのだという。画面に例示された人々と会社名を見ると、確かによく聞く名前ばかりである。へえ、そんなにも社長がどこも若かったのか、と驚いていると、

「彼らが大学に入学したころにインターネットの普及が始まった」

という一文にぶつかった。

そのとき、私は突如として了解した。

これまで「歴史的」な出来事を求め、無理矢理、身のまわりの事案を掘り起こしてきたが、あったのである。百年後の歴史の教科書に間違いなく載っているであろう、歴史的な転換点に、私は真正面から遭遇していたのだ。

そう、デジタル革命だ。

産業革命に匹敵する、ひょっとしたらそれを凌《しの》ぐ変化をもたらしたかもしれぬ、この革命。おそらく百年後の世界史の教科書で、西暦二〇〇〇年前後は「デジタル革命が起き、インターネットが爆発的に広まった」の一行で説明が終わってしまうだろう。

ちなみに、私は一九七六年生まれである。

ナナロク世代、ど真ん中である。

確かに、大学に入った頃、インターネットというものが少しずつ、その姿を現しつつあった。しかし、私はそのようなネット関連のものに何ら興味を抱くことがなかった。むしろ、それら一切合切《いっさいがっさい》を嫌悪した。携帯電話も大学を卒業してサラリーマンになるまで頑《かたく》なに持たなかった。パソコンを手に入れたのも、小説家としてデビューが決まってからだ。それまではワープロ「文豪」で原稿を書いて、感熱紙にプリントアウトするという、完全な「守旧派」としての日々を送っていた。

嗚呼《ああ》、まったく何という滑稽な眺めだったろう。

就職活動のさなか、不機嫌な顔をして「激動の時代に生まれたかった」と吐息混じりにつぶやいている目の前を、実はデジタル化へと突き進む濁流が通過していたのである。おそらく、「百年に一度のビッグウェーブ」と言ってもいいくらいの変化が、轟音《ごうおん》を立てて暴れていたにもかかわらず、私はいっさい気づくことがなく、完全にお門違《かどちが》いの憂鬱に浸っていたのだ。

大学生の頃に夢想した、「もしも、幕末の争乱期に自分が二十二歳の武士だったなら」の結末を、今なら私は楽々と想像することができる。

もしも倒幕の争乱に巻きこまれていたなら、私は間違いなく「佐幕派」を標榜《ひょうぼう》していた。「倒幕派」でも「開国派」でも「佐幕派」でも「攘夷派」でもない。いちばん煮え切らぬ、要は現状維持の、つまらないこと甚《はなは》だしい「佐幕派」だ。たとえ、全藩を挙げて倒幕に傾いた長州藩士に生まれたとしても、そういうやかましい連中を冷たく目の端にとらえながら、自分は関係ないとばかりに帳簿付けなどをしていたのではないか。当然、私は坂本龍馬のようにはなれぬ。西郷隆盛、桂小五郎、大村益次郎のようにもなれぬ。きっと、私は彼らといっしょに歩くことさえできなかった。そもそも、来るべき変化の波を認識できなかった。波を視認できぬ者に、それに乗っかる行動が伴うはずがないのである。

人類の歴史という大きな視点から見たとき、極東の島国に「明治」とともに訪れた変化の振れ幅など、デジタルの普及がもたらした人間生活の劇的な変化のそれに比べたら、豆粒ほどのものでしかないだろう。

つまり、それほど巨大な変化を、ナナロク生まれとして目の当たりにしてきたのに、私は指一本、動かすことがなかった。傍観者ですらなく、周回遅れで変化に従う、その他大勢のひとりにしかなれなかったのである。

かつて遠くに聞こえていた青春の猛々《たけだけ》しきマーチの音は、今やちんどん屋のへなへなメロディへと変わった。その間の抜けた音を聞きながら、私はまだ「歴史的」という言葉をもてあそんでいる。たとえば五十年後、まだ見ぬ孫たちにはっきりと伝えられる、直に触れた「歴史的」な出来事といったら、

「いやいや、本当に、こんな妙なものを履《は》いてみんなが街を歩いてたんだって。おばあちゃんに訊いてみな」

とルーズソックスや厚底ブーツが映った古い写真を指差し、思い出話をするくらいに落ち着くのかな、などと考えながら。

案外、それが身の丈に合ったところなのかもしれない。

万字固めがほどけない

○月○日

日本語について黙々と考える。

たとえば五十音がある。

「あ」から「を」まで五十音。といっても、最後の行は「わをん」だし、「ゐ」や「ゑ」は使いようがないから除くとして、実際は四十六音。

すべての文章はこの四十六のかな文字の組み合わせからできている。どんな俳句も、どんな短歌も、どんな小説も、どんな歌詞も、四十六をひたすら乗じたなかに含まれているのだ。46×46×46×46×46……。あっという間に、現実的ではない桁数《けたすう》になって、ただの意味のない机上の数遊びに成り下がりそうだが、宇宙規模で考えたなら、現実的ではない桁数でもいくらだって存在し得るだろう。

ならば、たとえどんなに長大な小説も、いつかどこかに存在していた宇宙の記憶。私の書いた小説も、今この瞬間に書いている文章さえも、ビッグバンと同時にその誕生を約束された、この宇宙の慈愛を受けたその御子《みこ》そのもの。そう、すべては、この大宇宙の御心のままに――。

なわけがない。

ああ、気持ちわる。

○月○日

あの日から宇宙について、ぽつりぽつりと考える癖《くせ》がどうにもやまない。

そう言えば、私はおさない頃から「宇宙の果て」について考えるのが好きだった。宇宙に果てがあるのなら、その向こうがどうなっているのか、どれほど想像してもどうにもうやむやになって答えが出ない。小学二年生のときに、詩を書く授業で、宇宙の果てについて一編したためた。宇宙という箱があったとして、その外はどうなっているのかな、という内容だったと記憶している。

あれからざっと三十年が経つが、小二のときに紡《つむ》いだ詩編から、己がほんの一ミリたりとも真実に近づいていないことに驚く。

つまり、あのあたりで無限という概念を知り、今に至る。

○月○日

あの日から無限という言葉について、ぽつりぽつりと考える癖がどうにもやまない。

小学三年生の時分、私は近所のサッカースクールに通っていた。そこでランニングの最中、一学年上の少年が話しかけてきた。

「円を分けると、何等分までできるかわかるか?」

ピザを切るように円を分けていったら、どのくらい細かくできるか、という問いかけだった。

私と隣を走っていた同級生の友人は、グラウンドを回りながら黙々と考えた。

「答えてみい」

一分ほど経過したとき、先ほどの少年があごで促してきた。

「四つ」

私の隣の友人が答えた。

ふむ、とうなずき、少年は「お前は?」と視線を向けてきた。

「八つ」

と私は答えた。

頭の中で想像の限りを尽くしたが、円を包丁のようなもので切ったイメージが八等分までしか湧かなかったのである。

「せや、八つや！」

途端《とたん》、隣で友人がうめいた。そのとき、彼の脳裏に四等分を凌ぐ、八等分のイメージが生まれたのだろう。

「正解は？」

と私が訊ねると、その少年はとてつもなく得意げな顔で、

「無限や」

と答えた。

私と友人は同時に「アッ」と叫んだ。

分度器でさえも、半円を一八〇に細かく分けているのだから、せめて三六〇と答えるくらいできたろうに、まったく考えつくことができなかった。

思いのほか小三ってアホなんやな、と我ながら感慨深くなるエピソードだが、

「無限や」

と告げられた瞬間、映画『ヘル・レイザー』のように、円の中心に向かって線が飛んでき

て、八等分を軽々と超越し無限に分割されるイメージが湧き上がった。

私はあのとき、無限を把握した。

○月○日

宇宙の外側がどんなものなのか、いつ何時《なんどき》も気になっていた私だったが、高校一年生の授業中、真実に触れかけたことを不意に思い出す。

私は居眠りをしていた。

夢の中で、私は唐突に無限たる宇宙の裏側を見た。

そこは、一面のまっ白だった。

暗黒に染まった宇宙が、まるで壁に貼られたポスターのようにぺろりと剝《は》がれ、ほんの一瞬だけ垣間見えた白を、誰がそう教えるはずもないのに、私は宇宙の裏側と信じて疑わなかった。ああ、ついに宇宙の大秘密を知ってもうた、と身体がびくりと震えたとき、目が覚めた。

ちょうど物理の時間だった。

物理や化学を学ぶことこそが、もっとも宇宙の秘密に近づく、真摯かつ着実な姿勢であると知っていたにもかかわらず、私にはそれらの授業内容は最後までちんぷんかんぷんで、皆目理解することができなかった。

あっさり私は物理や化学を放棄し、文系クラスへ進学した。今は物理や化学のエキスパートが主張することを、頭のよい人がわかりやすく解説してくれた本をときどき読み、宇宙の何かしらをわかった気になっているが、特に困ったことはない。

○月○日

宇宙について書かれた本は、それこそ星の数ほどあるが、私が思い抱くもっとも素敵な宇宙を描いているのは、稲垣足穂《いながきたるほ》の『一千一秒物語』であることを思い出し、ひさしぶりに読み返す。
「東の地平線からお月様がふらふらしながら昇ってきた　自分は憲兵の鉄砲を借りて街上で片ひざを立てた　ねらいをつけてズドン！
お月様はまっさかさまに落ちた
一同はバンザイ！　と云った」（「お月様とけんかした話」より）
稲垣足穂の描く星は、空から降ってきて煉瓦《れんが》に当たったときに「カチン」と音がする。何と素敵な音だろう！
カチン！
カチン！
カチン！
ああ、いつまでもカチン！　と書き続けていたい。

○月○日

宇宙について書かれた小説は、それこそ星の数ほどあるが、私が思い抱くもっともイカした&イカれた宇宙を描いているのは、筒井康隆の超短編「到着」であることを思い出し、ひさしぶりに読み返す。

到　着

とつぜん地球が、なんの前ぶれもなく「ペチャッ」という音をたてて潰れた。
太陽も「ペチャッ」という音をたてて潰れた。

月も土星も、他の恒星群の星々も、「ペチャッ」という音をたてて潰れた。
宇宙のあらゆる星が、いっせいに「ペチャッ」という音をたてて潰れた。
今まで、一団となって落ちていたのだ。

たったこれだけ。これでおしまい。でも、最高。
ペチャッ。
ペチャッ。
ペチャッ。
これはここらで終わっておこう。

○月○日

家への帰り道、通りに沿って居並ぶマンションとマンションとの合間から、空の低い位置にオリオン座が少しだけのぞいていた。
私が今住んでいる東京は、これまで住んできた大阪や京都より、意外や星空がよく見える。でも、どれだけ星を確認できたところで、光が淡いガスのように空を覆っていたモンゴルの夜には、永遠にかなわない。

むかし、モンゴルの奥地を旅行したとき、いっしょに行動していた人と宇宙の話になり、私はちょうどその頃、本から得たばかりの知識を得々と披露した。

「知ってます？　宇宙とは不思議なもので、泡の上にばかり銀河があるんですって。つまり、どういうことかというと、その内側に星も何もない、ただ真っ黒でとてつもなく巨大な泡がいくつもひしめき合っていて、その泡の表面部分にのみいろんな銀河がへばりついているのが、宇宙なんだそうです。どうやって、銀河自身は己の位置が泡の表面であるとわかって、そこに居着いたんですかねえ？」

すると、それまで私の話を黙って聞いていた人が、烈火《れっか》の如く怒りだした。人間の思い上がりだ！　とその人は言った。宇宙が何かだなんて、人間がわかることじゃない。それを知ろうとするなんて、自然への冒瀆《ぼうとく》以外何ものでもない！　と一気にまくしたてた。

別にそんなたいそうな話じゃなく、想像するだけで不思議で楽しいじゃないですか、と言っても、いっかなその人の怒りは収まらなかった。

満天の星空が大地を包むモンゴルの夜、おあつらえむきな宇宙の話をすることを、それっきり私はやめた。

何だか、とてもさびしかった。

○月○日

新宿で作家の森見登美彦さんと綿矢りささんと三人で食事して、そのあと、「イーグル」という、むかし懐かしの刑事ドラマに出てきそうな古いバーに向かったら、「少々、ここでお待ちくださいい」とレジ前の丸イスを示された。満員の席が空くのを、三人並んで座りながら待つ間、なぜか森見さんとダークマターの話になった。

するると、綿矢さんが「ダークマターって何ですか」と訊いてきた。私はダークマターとは宇宙の約八割を占めると言われる物質で、まだ発見されてはいないけど、計算上存在するとしか考えられないものなのです、と熱心に説明した。

綿矢さんは非常に思慮深い表情で私の言葉を聞いたのち、

「すごいですねえ、ダークマター」

とおもむろにつぶやいた。

「え、何がすごいんですか?」

「いえ、何となく言ってみました」

しばらく、場に沈黙が漂ったのち、森見さんが綿矢さんに黒い手帳を開いて差し出した。

「サインいただけますか」

綿矢さんは「はあ」と利き手の左手で、手帳の空きページにサインをした。

「あ、僕もついでにやっときましょうか」

と申し出ると、森見さんは口の端っこを歪《ゆが》め、「いや、別に」と言うので、張りきって綿矢さんの隣にへろへろの字でサインしておいた。

○月○日

あるのに、ないダークマター。別の呼び名を暗黒物質。

まるで、あるのにない四次元の話みたいでおもしろい。

「点が一次元、点が連なった線も一次元、線と線で面がつくられたら二次元、さらに高さが加わったら三次元。つまり、この世界や」

　小学生の頃に通っていた塾で、算数の先生がはじめて単位と次元の関係性を教えてくれたときのことを思い出す。先生は黒板に「m」と書いた。すなわち一次元。次に、面積を示す「m^2」（平方メートル）と書いた。すなわち二次元。さらに体積を示す「m^3」（立方メートル）と書いた。すなわち三次元。最後に「４m」と書いた。

「これが何かわかるか？」

先生は教室をぐるりと見回したあと、

「四次元や」

と言って、にやりと笑った。

ただ、それだけのことで、何ら四次元自体への説明はなくても、私は深い衝撃を受けた。

こうもやすやすと、たった二文字で四次元を表せるなんて！

ぐりん！

何かがひっくり返ったような気がした。

点が線に伸びて、立体に育ち、そしてぐりん！　とひっくり返って四次元になる。どうひっくり返るのかは、よくわからない。でも、三次元はきっと、ぐりん！　となって四次元に移るのだと思った。

今も変わらず、どこかで思っている。

ぐりん！

〇月〇日

近ごろ、一年が短すぎる。

たとえば八十年代は、こんなに一年が短かったっけ？　と考える。

あの頃は、年末に一年をまとめるニュース番組を見ると、「ああ、こんなこともあった、あんなこともあった。長かったなあ」と心からしみじみと感じることができた。一年間いろんなことがあった。自分が子どもだったという効果を除いても、世の中が一年をちゃんと一年として、そこそこ長いものと実感していたように思う。

翻って何なのだろう、ここ十年ほどの一年の過ぎ去り方の異様な速さは。本当にむかしと同じ一年なのか。

「ひょっとして、一年という時間そのものが短くなっている、ということはないでしょうか？　たとえば、宇宙の八割を占めるというダークマターがまだ我々が把握していない活動を始め、宇宙の時間の流れそのものが速くなっているのです。時計もいっしょにその流れに乗ってしまうから、客観的なデータにズレは生じない。実は八十年代に比べ、一割くらい時間が短くなっていても、どこにもそれが数値として現れない。ただ、繊細で鋭敏でどこまでもアナログな人間の感覚だけが、主観的に何かおかしい、時間そのものが短くなっているんじゃないの？　と気がついているのです」

携帯電話の向こうで、それまで私の熱弁を黙って聞いていた編集者が冷たく告げた。

「たとえ、ノーベル賞級の仮説を設けようと、時間がそのダークなんちゃらのせいで短くなろうと、締め切りの日にちは別に変わりませんよ」

はい左様《さよう》ですかとうなずき、私は電話を切った。

○月○日

けったいな夢を見た。

夢とうつつの境目あたりで、真っ黒な何かが蠢《うごめ》いていた。ダークマターだとすぐにわかった。ダークマターは膨らんですさまじく巨大な暗黒の球体になった。その球体が左右から前後から上下から集まり、互いに泡のようにぎゅうぎゅうし合う。泡の表面に近づいてみると、銀河がびっしりと張りついていた。

渦《うず》が回っているような模様をしている銀河を見つめていたら、急に一個の漢字が思い浮かんだ。

卍《まんじ》。

部首は「十」、どう書くのか知らぬが総画数は「六」。

仏書に用いられる「万」の字を表すようだが、私にはもはや銀河を象形しているとしか見えない。

手強い宇宙。いろいろと考えを突き詰めると、どうも存在していること自体がおかしく感じられてくるのに、ところがどっこいすべてを支配している宇宙。すなわち、私たちは宇宙から卍固めを仕掛けられているのではなかろうか。どうしたってほどけない、卍固めのなかを日々生きているのではなかろうか。

というわけで、「万字固めがほどけない」というエッセイを書いてみようと思いついた。

最後の書簡

子どもの頃、鏡を見るのが好きだった。

自分の顔を眺めるのではない。

自分の目を眺めるのである。

鏡のなかで目を見つめる。もちろん、向こうも見つめ返してくる。少し視線をずらし、しばらく耳を眺める。そこから急いで目に戻る。しっかり、目が合ってしまう。もう一回、今度は口に視線を向けてみる。口を開けて奥歯を観察するふりをして、素早く目に戻る。残念、やはり視線が合ってしまう。

つまり、子どもの私は、鏡の向こうには別の世界というものがあって、こうして相対しているときはそれらしく動きを合わせているけど、本当は目を離した間に好き勝手やっているんじゃないの？　と疑っていたわけだ。私が耳を眺めている隙に、実は鏡の向こうで、もうひとりの私がぐるぐると目玉を回して遊んでいないとは誰にも言えないはずだ。なぜなら、私はそのときの自分の目を絶対に見ることができないのだから！

それと同じ理屈で、影を見るのも好きだった。夕日に向かって歩いているとき、私の後ろに長く伸びた影が楽しげにタップを踏んでいるかもしれない、と勘ぐるのだ。こうして、原稿を書いている間だって、フローリングの床にうずくまる私の影が、餅のように伸びたり縮んだりしていやしないか――、と。

とはいえ、今となっては、もちろん、そんなことを真面目には考えない。

なぜなら、私は科学的思考というものを身につけてしまったからだ。

たとえば、ここに手がある。

なぜ、そこに手があるとわかるのか。

それは手に光が当たっているからだ。ある色の光線は手の表面に吸収され、残りの色は表面で反射する。その反射した光線を網膜が知覚することで、私ははじめて目の前に手があると認識する。

つまり、太陽の下、地表に落ちる影は、光が私を出現させると同時に生み出された、もうひとつの私だ。私が動かない限り、影は決して動かない。これは鏡の向こうの姿にも、そっくり当てはまる。まず、私がいる。然《しか》るのちに鏡に映った私がいる。

だが、もしも「影の世界」というものがあったら、どうだろう？

この世には、はじめから「影」という生き物（？）がいて、常に地球の半分を覆う影のなかで、何百億年と生き続けていたとしたら？　実は地表に現れる影には、空気中に含まれる様々な微生物と同じように、何百、何千という「影」が詰まっていて、朝日を受けて高層ビルから伸びた長大な影のなかでは、それこそ何万という「影」がひそかに朝礼をしているとしたら？　光の届かぬ下水道には、さらに何億という「影」がせわしなく生活している。もちろん、「影」は声も出さなければ、人の身体を引っ張ることもない。高層ビルの影から抜け出した私の足元に、いくつかの「影」がついでに潜んでいたとしても、永遠に気づくことはできないのである。

この「影」は、地球上で唯一、重力の影響から解放された生き物だ。影が好き放題に壁を伝い、天井を覆うように、生き物としての「影」はどこにでも移動する。壁も登る。天井に張りついても落っこちない。

原稿を書く手を休め、私は右手を電気スタンドの下に持っていく。机の表面に現れた自分の手の影をのぞきこみ、ここに何かが潜んでいたら事件ですなあ――、ととっくり観察していたとき、突然、周囲が暗くなった。

停電かなと思った瞬間、ぽっと自分のまわりだけが明るくなった。

なぜか、私は壇上に立ち、スポットライトを浴びていた。

私の後ろには大きなスクリーンが控え、そこには、

「影の世界における言葉の考察、その重力との関係性」

という仰々《ぎょうぎょう》しいタイトルが映し出されている。

ははん、と私は了解する。なぜか、何を話すべきか、すでに心得ていて、私は軽い咳払《せきばら》いののちに、演者として口を開く。

「さて、ご存じのとおり、地球上に住むすべての生き物は日々、重力の支配を受けています。その影響は決して肉体だけにとどまるものではありません。私たちの思考、言葉、慣習――、ありとあらゆる分野に及んでいます。たとえば『上位』という言葉を考えてみましょう。ここで用いる『上』という概念――。それは言うまでもなく、『下』という概念と対を成すものであります。一般的に『上位』とは『下位』に優るものとされます。ですが、そもそも、それはどうしてなのでしょうか?」

徐々に乗ってきた私は、いつしか熱弁を繰り広げる。スポットライトを当てられているせいでよくは見えないが、気配からうかがうように、どうやら客席は大勢の人で埋まっているようだ。

「上下関係という言葉が端的に示すとおり、われわれの世界では必ず『上』という言葉は、『下』に対し優位に立ちます。『上等』という言葉ひとつ取ってもわかるように、価値の流れは常に『上』から『下』へ、その向きはまったくもって不可逆的であります。確かに革命という、価値を一気にひっくり返してしまうウルトラCの事象が存在しますが、あくまで価値の中身が逆転するだけの話で、決して上下の概念そのものが逆転するわけではありません。

では、なぜこうも『上』は『下』に対し、無条件とも言える優位性を保っているのでしょう。なぜ、あなたの斜め向かいに座っている人物は『上司』なのでしょうか？　なぜ、ヒエラルキーの形をとる組織図は、いつも頂点を上に置いた三角形で、逆三角形を描くことがないのでしょう？　時代劇に登場する将軍の別称は必ず『上様』です。まかり間違っても『下様』にはならない。なぜでしょうか――？

私はその理由を、日常で経験する『困難』のなかにこそ求めたい。

つまり、ここに一冊の本があります。

非常にぶ厚くて重い、百科事典か何かのたぐいです。

私は本棚の前に立ちます。

本棚は私の身長のゆうに倍はあって、棚の中身は空っぽです。

さて、私はどこに本を置きましょう？

そう、すぐ目の前の棚に置いてしまうのがいちばん楽です。上の棚に置こうとすればするほど、困難の度合いは高まります。なぜか？　それは本が重いからです。ですが、それは正確な理由ではありません。真の理由は、『重力』が本を引っ張っているからです。試しに本を離してごらんなさい。本は磁石のように地面に吸いついて離れなくなってしまいます。この重力のおかげで、水は低きに流れ、リンゴは木から落下します。それに抗して、川上に向かって泳ぎ、リンゴを空に放り投げ、落ちた本を拾い上げるには、われわれは筋力を使って重力に立ち向かわなくてはいけません。

そうです。われわれはこの重力に抵抗する行為――、筋力を用いる『困難』をともなう行為こそ、『尊い』としたのです。目の前に何の苦労もなく本を置くより、腕を無理に伸ばし、アキレス腱《けん》をめいっぱい緊張させながら、より高い棚に本を置くことを『尊い』と考えたのです。もっと、わかりやすい表現を使うなら、『偉い』と考えたわけです。『上位』の概念の根本がここにあります。われわれは筋力を用いた『困難』な行為に、無意識のうちに、より高い評価を与えているのです。

ここで図らずも『高い』という言葉を使ってしまいました。『上下』の概念を、三次元へと置き換えたとき、それはそのまま『高低』という言葉になります。『高』は常に『低』に優先します。表彰台をごらんなさい。金メダリストの立ち位置はどこですか？　天国と地獄を思い浮かべてください。地獄から仰ぎ見るのはいつだって天国です。蜘蛛《くも》の糸は必ず、頭の上から垂れてくるのです。

この世に生まれた瞬間から、われわれはこの重力という名の桎梏《しっこく》から逃れることはできません。大空を自由に羽ばたく鳥を仰いだときに湧き上がるあの渇望にも似た感情は、重い肉体とともに地べたを這《は》いずるよう定められたわれわれの本能的憧憬であります。いにしえの『上位』の人間、すなわち王や神官は、誰よりも高い場所に住み、平民を見下ろしました。見下ろす！　まったく、ありとあらゆる意味を包含した言葉ではありませんか。重力に逆らって重い本を上の棚に置く『困難』は、社会が成熟するにつれ、丘の上に巨石を運び、そこに宮殿を築くという土木的『困難』にその規模を拡大させました。支配者たちは、それらの『困難』を、人間の労働力、すなわちその筋力を使役することで克服し、より自らの存在を『上位』へと推し進めたのです。神話の世界では、しばしば人間の王が神に近づこうと、背の高い建物を造ろうとしますが、私に言わせれば、あれは天に向かおうとしたのではなく、あくまで重力に抵抗しようとしただけのことなのです。まあ、どちらにしても結果は同じになるわけですが――。

そうそう、少々余談になりますが、人間が『上』に優位性を与えるのは、落雷、大雨、干ばつ、台風など、天より襲いかかる自然現象への畏敬《いけい》の念を源にするのではないか、という指摘もあるやもしれません。確かに、その影響が皆無とは申しませんが、そもそもそれらの気象現象は、重力の束縛によりこの惑星にとどめられた大気によって引き起こされるものであることを、ひと言お伝えしておきたいと思います」

まったくもって私はよくしゃべる。よくもまあ、こんな出鱈目《でたらめ》を、と我ながら呆れるような内容を、立て板に水を流すが如く、口からひねり出す。

「さて、たいへん、長い前置きになりましたが、ここで『影』であります。われわれにとって未知なる存在である『影』。今さら、言うまでもないことですが、『影』には肉体がありません。重力の影響からも完全に無縁です。すると、『影』はわれわれが重力とのつき合いのなかで生み出した種々の概念——、そこから派生した用語とは徹底的に無関係ということになります。

たとえば、『影』にとって『上下』という言葉は、純粋な位置情報以外、何の意味も有しません。もっとも、それは支配者と被支配者との関係性そのものを否定するものではありません。ただ、それを表す際、『上下』という言葉を用いることはあるまい、という話です。『影』とはいわば、二次元の存在です。ならば、われわれにとっての『上下』の概念は、そのまま水平展開され、『左右』『前後』という言葉に成り代わるやもしれません。ピラミッド型のヒエラルキーは、円の『中心』と『周辺』に置き換えられることもあり得るでしょう。

今ひとつ、ピンと来ない方もおられるやもしれません。

その場合、一度、逆の立場になって考えてみたらよいのです。

もしもここで上下関係と同一の意味として、『影』の世界で用いられている、左右関係なる言葉を示されたなら、どうお感じになりますか？　みなさんは右と左、どちらに優位性を見出すのでしょう？　果たして、『影』の世界では、左右どちらがより『偉い』概念を有するのか？

もちろん、そんなこと誰にもわかりっこありません。

同様に、私たちが『上』に与えた優位性など、『影』には何の意味も発揮しない、別次元の概念になるのです。重力と肉体との相克《そうこく》から生まれた言葉は、『影』の世界ではすべてその意味を失います。たとえば、『影』にとって、『見下す』という言葉は、高所から低所を見るという純粋な行為を表現するにとどまり、侮蔑の意味を持つには至りません。『影』には『下』という文字に負の感情を付加させる理由が存在しないのです。同じように、

『卑下』

『高飛車』

『低姿勢』

『上達』

などといった言葉も、その一部、もしくはすべての意味を失うことになるでしょう」

そのとき、私はハッとして言葉を呑んだ。不意に――、ならば「影」の世界にこそ真の平等があるのではないか、という可能性に気がついたからである。重力のくびきから解放された「影」たちこそ、これまでも、これからも上下関係を生み出し続けるほかない人間には想

像することもできない、真実の意味での平等の概念を有する可能性があるのではないか――。

「そのとおりさ、ありがとう」

ギョッとして、私は面《おもて》を上げた。それまで何の反応もなく、ひたすら沈黙を守って話を聞いていた客席から、いきなり声が響いたのである。私は目を細め、声のありかを探るが、スポットライトのせいで、客席はすべて影に覆われ何も見えない。

「ありがとう。人間がその考えに至ったとき、俺たちは真の自由を得るんだ」

ふたたび客席から声が聞こえたとき、私を包んでいたスポットライトが急に動いた。ライトに照らされた円が私を離れ、正面の会場をまっすぐ走ってそのまま消えた。

会場の客席は、どこまでも真っ暗だった。

客席のすべてを「影」が占めていたことに、私はようやく気がついた。手前のあたりから、「ザザザザ……」という砂が落ちるような音が聞こえてきた。なぜか、手のない「影」にとって、それが拍手の代わりを意味しているとすんなり理解することができた。「ザザザザ……」の奇妙な音はやがて会場全体を包むに至り、鳴りやまぬ大喝采《だいかっさい》を受け、私は少しはにかんだ笑みを浮かべつつ頭を下げた。

頭を上げたとき、私は仕事机の前に座っていた。

電気スタンドの下に手をかざし、その影をしげしげとのぞきこんでいる。

しかし、何かがおかしい。

私がいっさい手を動かしていないにもかかわらず、影がもぞもぞと動き始めた。それどころか、

「よう」

と声を発した。

「いやあ、いろいろ考えてくれて感謝するよ。ああ、俺は『影』だ。あんたの目に映っている手の影の部分がしゃべっているわけだ。まだまだ、俺たちのことを理解しているとは言えないけど、人間にしてはじゅうぶん頑張ったほうじゃないかな。確かに、俺たちは重力の影響を受けない。人間とは次元が違う生き物だからね。でも、俺たちは二次元に住んでいるわけじゃない。人間が三次元の生き物だとすると、五次元の生き物ってあたりかな。あとの二次元は何かって？　四次元が時間だろ、最後の五次元は意識ってやつさ。

そう、俺たちは重力からは解放されているけど、物質の意識の支配を受けているんだよ。たとえば、あんたがそこにいる。あんたの意識があるから、影は動くことができないんだ。あんたはまず自分がいて次に影がある、と考えたけど、真実はまるで逆だよ。影がいるから、あんたがいる。もちろん、すぐに受け入れろとは言わないさ。どちらの考えも、結果は

同じことだからな。

でも、どんなものにも相殺《そうさい》される瞬間というものがある。重力だって、部屋を丸ごと水に沈めたら、いつか浮力と重力が相殺されて、つかの間の無重力が生まれるって言うじゃないか。

まったく幸運なことに、たった今、俺にその相殺の瞬間が訪れた。どういうことかって？ 鈍いな、あんたも。あんたが、俺の存在についていろいろ考えてくれたんじゃないか。意識を向けてくれたんだ。それどころか、『真の平等』という概念に行き着いてくれた。それが相殺の鍵なのさ。俺とあんたの意識が平等になること——。おかげで、俺を引っ張るものがなくなった。要は、あんたが無重力の空間を作り出してくれたんだよ。いやあ、たまたま、あんたの手の影に居合わせていてよかった。なるほどね、こうやって動くわけか……。じゃあ、俺は行くよ」

声を発する間もなく、机の表面を影がするりと走り、あっという間に消え去ってしまった。

私は呆然として、自分の手を見つめた。

電気スタンドの下に置くが、まったく机に影が落ちない。あわててイスから立ち上がる。床にも影がない。ふと、足元に視線を移したら、靴下を履いていない足が透けて見える。ギャッと叫んで手を顔の前に持ってきたら、向こう側がうっすら浮かんでいた。

影のない身体は、実体をともなわない。

どうしよう、どうしようと心で叫びつつ、机の前に座った。とにかく、この原稿に、我が身に起こったことを書き残そう。私のような悲劇を引き起こさないため、人類への危急《ききゅう》の警告として——。

ん？　待てよ。

ここに至る過程を書いてしまったら、それを読んだ人にも同じ結果が招かれるじゃないか。いかん、と気づいたがもう遅い。指の先が消えてしまって、原稿を消すことができない。このままでは、この原稿を読んだ全員の影が逃げてしま

編集部註＊送られてきた原稿ここまで

来たるべき時代

ふと気がついたことがある。

それはざっと千年前から本邦の歴史をたどった際、常に「○○時代」という歴史的区分が存在し、平安時代、鎌倉時代、室町時代、安土桃山時代、江戸時代、明治時代、大正時代――と現在に至るまで綿々と連なっているわけだが、不思議かな、昭和時代とは言わない。

昭和のスタートは一九二六年。

一九二五年を大正時代と呼ぶことは一般的でも、一九二六年を昭和時代とは呼ばない。そろそろ、昭和という時間が存在したタイミングから百年が経とうとしているのに。

私は昭和五十一年生まれだ。

おそらく幼稚園に通っていた時点で、すでに大正時代と明治時代という単語を耳にしていた。つまり、ひとつ前の元号に「時代」をつけて呼んでいた。

また、私の祖父母は明治生まれ、大正生まれだったが、彼ら自身、何の違和感も表明することなく「明治時代」「大正時代」というフレーズを口にしていたように記憶する。

私が幼稚園児だった頃から振り返ったとき、大正時代は五十五年前くらい。

今から五十五年前は当然、昭和だ。すなわち、本来なら「昭和時代」というフレーズを使ってもおかしくない歳月が経過しているにもかかわらず、誰も使っていない。ただ「昭和」とだけ呼ぶのが、いまだ圧倒的多数だ。

なぜなのか？

昭和が持つ、「時代」を尻にくっつけて語られることを頑なに拒《こば》む、この謎の意固地さはどこから来るのか？

もはや平成を終え、世は令和だ。

たった十五年しか続かなかったニッチな期間ですら、大正時代と呼ぶのに、六十四年も続いた昭和はなぜ「時代」と抱き合わせになるのを、こうも嫌うのか。これではまるで、そろそろ齢《よわい》百にならんとするのに、いつまでも平成くんや、令和ちゃんといっしょに、若者扱いをされたがる滑稽な老人のようではないか。

なるほど、問題はスタートの時期ではなく、終了の時期にあるのかもしれない。

確かに、これは説得力のある視点で、私が生まれた時点で、大正が終了してからすでに五十一年が経っていた。翻って現在、昭和が終了してから五十一年が経っているか？　答えはもちろんＮＯだ。一九八九年に昭和が終了し、まだ三十五年しか経過していない。

つまり、昭和が始まった時期自体は近代史の対象にじゅうぶん含まれる昔であっても、終わりの時期が存外最近ゆえ、「時代」を後ろに引き連れるにはまだ早い――、そんな理屈も通りそうだ。

ならば、三十年後。

答えは明確に出ているだろう。

少なくとも昭和五十一年前後の時点で、「大正時代」という呼び方はポピュラーだった。現在から三十年後はすなわち、昭和が終わって六十五年後になる。いい加減、「昭和時代」が人口に膾炙《かいしゃ》していなければ、今度こそ理屈が合わない。

ということで、三十年後をイメージしてみる。

使って……いなさそうな気がする。

これからどこかのタイミングで、何事もなかったかのように「昭和時代」なる単語が、日常のボキャブラリーにスッと紛《まぎ》れこんでくる、という状況がイマイチ想像できない。

しかし、いつの日か必ず明治時代、大正時代という区分の後ろに、昭和時代、平成時代、令和時代という言葉が並ぶときが訪れるはずだ。

もっとも長期的視点から見たとき、これら元号の後ろに時代をつけるパターンが今後もずっと継続するかと言えば、あやしい。なぜならば、飛鳥時代、奈良時代、平安時代、鎌倉時代、室町時代、江戸時代――、どの時代も頭に掲げられた二文字は、元号ではなく日本の政治の中心があった場所を伝えているからだ。明治以降の「元号＋時代」の呼び方は、それまでのルールとは明確に異なるのである。

明治維新後、江戸が東京に改名されたことで、それ以前の二百七十年間ほどがまるっと江戸時代に集約されてしまったように、たとえば今後、大災害が起きるなど、とてつもない規模の社会情勢の変化が発生し、日本の首都が東京から別の場所に移る、もしくは東京が別の名前に変わってしまうことで、明治維新以降、日本が近代化に邁進《まいしん》した期間はすべて「東京時代」として回収される――、なんて未来が訪れるかもしれない。

*

ときは経て、五百年後。

とある学校の教室で、少年が退屈そうに教科書に向かっている。

フィルム型タブレットになったり、メガネ式ディスプレイになったり、様々な媒体の変遷を経たが、

「結局、これが費用の面からも、耐久度の観点からも、いちばん効率がいい」

ということで、いまだ紙の教科書がスタンダードだ。もちろん、タブレットやウェアラブ

ル端末の使用も選択可能だが、少年は退屈なときにページの隅《すみ》にパラパラマンガを作るのが趣味なので、紙の教科書を使っている。

教室にはオンラインで受講する者、リアルに席に座る者、半々といったところ。教師もオンラインでの参加だから、今日はパラパラマンガ作りがはかどる。

少年は犬が走る姿を描いている。

犬種は柴犬。少年は柴犬を実際には見たことがないが、図鑑に載っていた、利発そうでいていつも笑っているような顔つきに一目ぼれし、今度の誕生日に子犬をプレゼントしてもらう約束を両親から取りつけた。誕生日は三カ月後なので、取り寄せられた遺伝情報を元に、そろそろセンターでクローンが作り始められる頃だ。

そう言えば、柴犬は「日本」の犬だったな、とマンガを描く手を止め、少年は「歴史」を教える教科書から「日本」についての記述を探した。

「国家時代」

すなわち、古代メソポタミアから始まる各地域に独立した国家が存在した時代についての記述が教科書の前半を占めるわけだが、そのどこかに「日本」についての記述があったようなーー。

それにしても「国家時代」というのは、あちこちに独立した国があって、それぞれについていちいち覚えることがあって、本当に面倒だ。だから、「歴史」を選択する生徒がほとんどいないんだよ、と心でぼやきつつ、ページをめくる。

あった、と少年は手を止めた。

それは記述というより、写真による紹介だった。

満員電車に白いシャツを着た男たちがぎゅうぎゅうに詰めこまれている――。

人間が勤務先に向かうため、物理的に移動するしかなかった時代を、悲劇というより、むしろ喜劇として捉える、誰もが一度は教科書で目にする、非常に有名な一枚だ。キャプションには、

「朝の風景、日本、一九八四」

教科書に「日本」という単語が登場するのはこの一カ所のみ。少年は自分の記憶力の確かさを褒めつつ、五百年を経て今に残る、唯一の「昭和」の痕跡から柴犬のルーツを想像してみるが、どうにもイメージが膨らまず、ほどなくパラパラマンガ作りに戻っていった。

初出一覧（★は、新版から加わったエッセイ）
★10戦0勝：「朝日新聞」二〇二四年一月二十九日／朝日新聞社
★「まきめ」の名乗り：二〇二四年一月配信／共同通信社
清兵衛と瓢簞と私：「本の旅人」二〇一二年十一月号／角川書店
★まりも審判：「Newton増刊　60分でわかる 化学」二〇二三年五月号増刊／ニュートンプレス
さようなら、さようなら：「CREA Traveller」二〇一二年夏号／文藝春秋
出前、鰻、ミルクティー、パスタ：「朝日新聞」二〇一一年一月八日〜一月二十九日「作家の口福」／朝日新聞社
モーニング：「dancyu」二〇一〇年十月号／プレジデント社
寿司：「Blue Signal」二〇一二年九月号／JR西日本
タルト：「asta*」二〇一三年一月号／ポプラ社
★酒：「dancyu」二〇二一年四月号／プレジデント社
やけどのあと：「文藝春秋」二〇一一年九月号／文藝春秋
地下鉄路線めぐり、戦隊ヒーローとして捉えてみる：「ノッテオリテ」二〇一一年VOL.14〜16／大阪市交通局
あをによし考、のち、あをによし行：「CREA」二〇一〇年九月号／文藝春秋
すべての大阪、わたしの大阪：「ノッテオリテ」二〇一一年VOL.13／大阪市交通局
★来たるべき時代：「ちゃぶ台13」二〇二四年号／ミシマ社
右記以外は、「みんなのミシマガジン」（http://www.mishimaga.com/）の連載「万字固めがほどけない」（第一回〜第一三回）。

参考文献

『清兵衛と瓢簞・網走まで』／新潮社／一九六八年
『愛蔵版　まんが道　第一巻～第四巻』／中央公論社／一九八六・八七年
『中原中也詩集』／角川書店／一九六八年
『一千一秒物語』／新潮社／一九六九年
『筒井康隆全集〈1〉東海道戦争・幻想の未来』／新潮社／一九八三年

万城目 学（まきめ・まなぶ）
1976年生まれ、大阪府出身。京都大学法学部卒。2006年、『鴨川ホルモー』（第4回ボイルドエッグズ新人賞受賞）でデビュー。2024年、『八月の御所グラウンド』にて第170回直木賞受賞。ほか小説に『鹿男あをによし』『プリンセス・トヨトミ』『偉大なる、しゅららぼん』『とっぴんぱらりの風太郎』『バベル九朔』『ヒトコブラクダ層戦争』『六月のぶりぶりぎっちょう』など、エッセイ集に『ザ・万歩計』『ザ・万遊記』『万感のおもい』などがある。

新版 ザ・万字固め

2025年1月20日 初版第1刷発行

著　者　　万城目 学
発行者　　三島邦弘
発行所　　株式会社ミシマ社
〒152-0035　東京都目黒区自由が丘2-6-13
電話　03(3724)5616／FAX　03(3724)5618
e-mail　hatena@mishimasha.com
URL　http://www.mishimasha.com/
振　替　　00160-1-372976

ブックデザイン　尾原史和（BOOTLEG）
印刷・製本　株式会社シナノ
組　版　　有限会社エヴリ・シンク

ISBN 978-4-911226-14-8